# 末日時在做什麼？有沒有空？可以來拯救嗎？

# 1

枯野 瑛
Akira Kareno

illustration ue

Kadokawa Fantastic Novels

# 末日時
# 在做什麼？
# 有沒有空？
# 可以來拯救嗎？

contents

「在這個世界告終以前—— A」

-promise/result-

決戰前一晚。

大家談妥，至少最後要在各自想見的人身邊度過。

基於那樣的理由，為討伐讚光教會認定之敵性星神(visitors)「艾陸可・霍克斯登」而集結的勇者一行人暫時解散了。

「……既然如此，你為什麼要回來養育院(家裡)？」

不知為何，許久不見的「女兒」傻眼地如此說道。

「我剛講過理由了吧。

明天就是決戰之日，無法保證能平安回來。所以為了避免留下遺憾，大家才決定至少在最後一晚要跟重要的人一起度過——」

打斷身為「父親」的青年說的話……

「所！以！啊！我就是在說你這樣好奇怪！」

「女兒」語氣嚴厲地說。

在小小的公營孤兒養育設施的管理員室裡。

在廚房裡忙來忙去的「女兒」背影，看上去似乎相當不悅。

「照理來說，不管怎麼想，『重要的人』指的都是妻子或情人才對吧！」

「哎，對幾個人而言好像是那樣。」

包含當代的正規勇者(legal brave)在內，勇者一行人是由七名成員組成。其中有兩人已婚，有情人的則有兩人——不對，由於其中一人曾講出「情人多到選不出要到誰身邊」這種荒謬的話，在這種情況下應該可以當作例外。

「你怎麼講得像別人家的事一樣……」

「那的確是別人家的事吧。至少與我無關。」

有香味飄來。

青年動了動鼻子，肚裡的饞蟲就捧場地咕嚕叫了出來。幸好聲音似乎沒傳到正專心攪拌鍋底的「女兒」耳裡。

「爸爸，你沒有那樣的對象嗎？」

雖然青年被稱之為父親，不過他當然並非這女孩的親生父親。只是因為他剛好是這間養育院最年長的人之一，再加上以立場而言，原本該被那樣稱呼的養育院管理員又年事已高，因此青年才會被取了那個綽號。

「哪有那種空閒啊。拿到準勇者(quasi brave)資格之後，我每天都在修行、進修和作戰。」

「哦？」

「女兒」應聲含糊。顯然是不太相信的反應。

哎，這也難怪。經讚光教會認定為人類頂尖士兵的正規勇者自不用提，身手及武勳僅次之的準勇者在社會上同樣極受歡迎。進城後只要表明身分就會被女孩們的尖叫聲包圍，出席議會主辦的派對更是容易被介紹和貴族的女兒認識。

不過，有女性被青年的頭銜吸引並迷戀自己，跟對方是不是自己也想表達好感的對象完全是兩碼子事。結果無論被怎樣的女性以何種方式搭訕，青年都一律推託，直至今日。

他對自己糟蹋機會的行為，倒也有自覺就是了。

「之前我見到你時，你身邊好像有滿多不錯的對象耶。」

「雖然我不曉得妳在講誰，但夥伴就是夥伴啊。」

「從你不是個性遲鈍，而是認真那樣說這一點來看，我真的會覺得你這個爸爸還是去死一死比較好。」

「妳有時候講話很過分耶。」

「我就只有這種地方跟某人很像啊——」

——料理似乎在青年回憶那些事的期間完成了。

「小不點們都睡了嗎？」

「那還用說。你以為現在幾點了？」

「那麼，我那糟糕的師父在做什麼？」

師父是指在這間養育院擔任管理員的老人家。

儘管他以往的經歷完全不詳，劍術卻莫名高超。對青年來說，師父是世上最強的男人，同時也是最棒的劍術老師，除此之外，在所有方面都是負面教材。

「外出了，他說帝都那邊又有事要辦。他最近好幾次都是一回來又馬上出門，根本都沒有待在這裡。」

「咦，所以說，一直都只有妳和『小不點』們負責看家嗎？」

「對啊。怎麼，事到如今你才知道要擔心？」

「要說的話……是會擔心啦。」

「女兒」嘻嘻地笑了。

「我說笑的。不時會有衛士從城裡過來巡邏，再說泰德最近也常常來幫忙。」

「慢著，這我不能當成沒聽見。有衛士來很好，但是泰德不行，把他轟出去。」

「幹嘛突然變得一臉正經啊。你們的關係那麼惡劣嗎？」

並沒那回事。不過，處於被稱為爸爸的立場，青年覺得自己在這種時候好歹有激動的權利和義務。

「嗯，煮好了。盤子你自己準備。」

如此宣布的「女兒」解開圍裙。

她將整只鍋子端到桌上。

「我等好久了。哎呀，我從到這裡來之前就餓壞了。」

「挑這種時間回來，我也只能幫你把剩菜加熱而已。」

「女兒」一臉若無其事地說道，不過她大概只是為了掩飾難為情。這間養育院並沒有富裕到能剩下滿滿一鍋燉菜。

不過，青年裝作沒發覺這點。

「謝啦。」

他只說了這麼一句。

「又沒什麼好謝的。」

「女兒」坐到餐桌對面，然後賣弄似的用手托腮。

就算青年現在有類似情人的對象，今晚他恐怕還是會在這間養育院度過。對，他如此認為。

——實際上。

五年前。年紀尚小的自己會決定握起劍，就是為了守護這裡。

五年間。沒多大才能的自己能持續揮劍至今，就是為了將來能回到這裡。

明天，他與夥伴將挑戰地表全人類的大敵「星神」。這樣敘述會覺得這場大冒險的規模實在誇張，不過要做的事卻與以往沒什麼不同。

為了想守護的事物。

為了想歸來的場所。

自己會一如往常地揮劍，並且活下來。

「話說回來。像這種時候，你這個爸爸至少也該講點漂亮話吧。」

「女兒」托著腮幫子抱怨著。

「要我講點漂亮話，比如說？」

「父親」一邊將隨便扔進燉菜裡的馬鈴薯塊壓成一口大小，一邊側著頭問。

「比如說，『等這場戰爭結束後，我就要結婚了』之類的。」

「……呃，那不是什麼吉利的話喔。」

當青年還只是個崇拜正規勇者的小小少年時，很愛閱讀描寫他們大顯身手的故事。根據當時的記憶，「女兒」剛才舉的例子，多半是用來鋪陳發言者將不幸身亡的台詞才對。

而青年當然不想死。

因此，他當然不想為自己的死做準備。

「我知道啊。爸爸留在養育院的書，現在都是那些小不點在讀。我在教他們識字的過程中，也跟著記住裡面的情節了。」

「妳明知道還那樣講，不就更惡劣了嗎……？」

青年吹了幾口氣讓燉菜變涼些，然後才舀起一匙往嘴裡送。

好吃。而且令人懷念。

辛香料重到誇張的地步。總是配合飢腸轆轆的孩子們愛吃的口味來下廚，就會煮出這種在帝都上流餐館難以嚐到的滋味。

「那我也曉得啊，可是我沒辦法接受。」
「女兒」用指頭輕輕地敲了敲餐桌。
「像你們今晚這樣『不留遺憾』，不就是為了準備讓自己隨時可以赴死嗎？那種做法我不太喜歡。
雖然我完全不懂戰鬥的事。即使如此，我認為在真正痛苦的情況下，反而是完全沒做好赴死準備的人才會活下來。
他們會覺得無論如何都要活著回去，因為自己有非回去不可的理由。」
「女兒」微微噘嘴，又繼續說：
「要是在故事裡，那種人死掉會比較有劇情性，比較能炒熱劇情，因此會優先殺掉他們……這樣的理論我懂。想活下去的人死掉了，肯定很令人難過。
可是，對於被上天擅自用那種理論殺掉的人來說，應該很難以忍受吧。」
仔細一看，她的手指正微微地顫抖。
「女兒」個性好強。好強得即使在感情脆弱時，也不會坦率表現出來。
好強得讓她故作不悅，還裝得像是在抱怨。要是不那樣做，就會連半句訴苦的話都說不出口。

「所以嘍。

既然爸爸你們接下來是要去跟星神戰鬥，就不要抱著那種消極的迷信，要找更確實的東西當依靠才對嘛。

把你還會回來這裡的理由告訴我，要更單純好懂的。

不然……明天，我沒有信心能笑著送爸爸出門喔。」

「就算妳這麼說……」

青年明白她想表達的意思。

他也想體諒對方的心情。

但就算這樣，青年還是講不出自己對結婚有什麼計畫。畢竟那需要有對象，而且他不認為婚事是可以順著局勢或走向說結就結的。

話雖如此，他更不認為講出「那我會在戰場上幫忙想個好名字，妳就在我回來以前先生個嬰兒吧」這種話就能收拾場面。倒不如說，他肯定會被「女兒」全力揍扁。

青年找了其他方法。

「……奶油蛋糕。」

「什麼？」

「我滿喜歡妳烤的奶油蛋糕。拜託妳在我下次過生日時，也烤個特大號的。」

「唉。」

「女兒」明顯洩氣了。

「你要為了那種東西活著回來嗎？」

「有哪裡不妥？」

「哎……總覺得不夠正經……」

她搔了搔臉頰後又說：

「算啦，跟你妥協。相對地，你既然都說了，明年我會讓你吃蛋糕吃到怕喔。」

所以你絕對要回來——事到如今，也不需要把話說盡就是了。

總之「女兒」的表情雖然有些悲傷，還是露出了笑容。

「嗯，包在我身上。」

青年開口保證的同時，享用燉菜的手也沒停下。

夜漸深。

決戰的早晨逼近。

†

這一夜過後不到一年，人類滅亡了。

†

年輕的準勇者當然沒能遵守約定。

——爾後，漫長歲月流逝。

「在太陽西斜的這個世界裡」

-broken chronograph-

# 1. 奔跑的黑貓與灰色少女

黑貓正在奔跑著。

牠跑得可漂亮了。

鑽過窄巷。

從圍牆上跑過。

躍過攤販上頭的帆布。

這一帶稱作「集合市場街（Market medley）」，原本只是每個月舉行一次定期市場的地方，然而在建築物毫無計畫地反覆增築修建以後，讓這地方成了巨大迷宮。

貓咪正用盡全力，跑過不熟悉環境的人光是要行走都有困難的那座街道。

為何要跑？因為牠正在逃。

牠要逃離什麼？逃離追兵。

「給！我！站！住——！」

身為追兵的少女拉大嗓門。

她擠進窄巷。

經過圍牆上。

從攤販上頭的帆布上滾落（每次摔下來都挨老闆罵）。

她用藍眼睛直望前方，一個勁兒地追趕著黑貓的尾巴。

少女打扮樸素。大大的灰色帽子戴得低低的，身上穿著同樣顏色的大衣。那樣穿搭恐怕是為了盡量低調，然而由於她本人目前正大呼小叫地全力奔跑，不太能發揮效用。

「我！叫你！站住了！吧！」

少女疾奔的步伐揚起沙塵，踹翻空油漆罐，讓大衣下襬隨之翻飛。

豚頭族(Ork)雜貨商、爬蟲族(Reptrace)地毯商、狼徵族(Lycanthropos)行人，各式各樣的人種轉頭看向用驚人速度跑過街道的她，並投以訝異的目光。

這時候，黑貓忽然停了下來。

「逮到你啦！」

少女抓準機會縱身一躍。

黑貓似乎是感受到少女逼近的動靜而回頭。牠叼在嘴邊的某種東西正散發銀光。

少女張開雙臂，整個人撲上去將黑貓逮住。

不自然的漂浮感將她全身包裹。

腳下什麼也沒有。

「……咦？」

集合市場街的構造錯綜複雜，不分上下左右。原本走在平坦的道路上，卻不知不覺地來到集合住宅屋頂的情況，在這裡根本算不上稀奇。

「奇怪？」

看得見藍天。

也看得見白雲。

少女摟著黑貓躍向沒東西可抓的半空中。

能看見正下方的西側第七白鐵攤販街，主要販賣鍋子、菜刀的攤販林立於窄巷中。若將自己與窄巷之間的距離換算成建築物的高度，差不多有四層樓高。

「不會吧……！」

少女繃緊身體。

淡淡燐光顯現，宛如環繞著她小小的身軀。

讓具備咒脈視能力的人來看，就會知道少女正準備催發體內的魔力(Venenom)；同時更會發現無論她準備用那股魔力做什麼，都為時已晚了。

魔力如同火焰。星星之火能做的事不過爾爾，但只要火焰熾烈燃燒，就能使用龐大的力量——話雖如此，要讓火燒得夠旺得花工夫和時間。並不適合用來應對這種突然發生的意外。

一人加一隻的身軀開始墜落。

從少女體內散發的燐光當場就徒然飄散了。

連慘叫的時間都沒有。原本感覺還遠在下方的石版道，不知不覺已經占滿整個視野。

少女的雙手不禁用力。黑貓放聲尖叫。她閉緊雙眼。

倉皇之間，地面仍迅速逼近——

†

有個女孩從頭頂上方掉了下來。

從外表看來大概十多歲。看她從滿高的地方摔下，墜落速度已經相當可觀。再這樣下去，肯定會直接撞上石版道，演變成和悠閒午後並不搭調的慘狀。

威廉無意間把目光往斜上方一瞥，闖進視野的就是那番景象。

他的身體擅自動了起來。

威廉衝向少女墜落的地點，並伸出雙手想將她接住。然而，對方以出乎意料的驚人之勢摔下，憑威廉瘦弱的雙臂根本接不住少女的身子。這麼一來，結果自然再明白不過。

「咕呃啊！」

下一瞬間，他就成了少女的肉墊，還叫得活像被壓扁的青蛙。

「……好痛……」

威廉以從腹部硬擠出來的聲音呻吟。

「對……對不起！」

又隔了幾秒才似乎掌握情況的少女連忙退開。

「有……有沒有受傷？你還活著嗎？內臟有沒有被壓扁……啊！」

有隻黑貓從慌張的少女懷裡逃走。她下意識伸出的手撲了空。驚慌失措之間，貓咪的背影就消失在人群中看不見了。

「呀……啊啊啊！」

接著，少女察覺了自己的模樣。

不知道是在全力奔跑途中，還是在變成自由落體時，她那戴得低低的帽子不知不覺間就不見了。

剔透的藍色髮絲流瀉到肩膀下方。

——喂，你看那傢伙。

不知從哪裡傳來了這樣的細語。

走在西側第七白鐵攤販街上的眾多行人停下腳步，攤販老闆們打住談到一半的生意，將目光投注於少女的頭髮和臉上。

懸浮大陸群（Regulu Ere）上，住有過去曾為星神眷屬的各色種族。其樣貌當然也五花八門。有的生著角；有的長著獠牙；有的覆有鱗片；有的則是相貌奇特，臉上的五官之一像是從野獸身上替換而來。

儘管人數少歸少，在他們之中還是存在著沒有角，沒有獠牙，沒有鱗片，沒有任何部位與野獸相似的種族。像這樣不具明顯種族「特徵」的種族，俗稱為「無徵種」。

——為什麼會出現在這裡？

——嘖，看見晦氣的玩意兒了。

「啊……」

無徵種普遍受到嫌惡。

據說這是因為他們和以往毀滅廣闊大地，將所有生物趕到天上的傳說種族「人族」長得一模一樣的緣故。外貌相似者，性質也會相似，這在咒術思維中屬於基本中的基本，故無徵種就被視為不祥且不淨之物了。雖然公然受迫害的狀況並不多，但體會到無處容身之感仍在所難免。

而且，另一個與少女毫無關聯的不幸事實，也加劇了這樣的情況。

這座城鎮的前市長堪稱惡質政客的典範。從收賄包庇到施壓湮滅罪行，乃至暗殺政敵，一連串經歷宛如瀆職行為的博覽會，揩盡了全城油水。到頭來則在中央議會的介入監察下被判處流放島外，眾人無不叫好稱快……然而，壞就壞在這傢伙偏偏屬於墮鬼族。

墮鬼族是遠古以前曾潛伏在人類之間，誘使他們墮落的鬼族之一，所以其外表酷似人類，簡而言之就是無角無牙也無鱗的無徵種。因此這座城鎮有許多居民在見到無徵種時，就難免會想起對前市長的憤怒及憎恨。

完完全全就是遷怒。

再怎麼反感，也沒有人公然開口譴責。即使如此，隱約帶刺的視線纏繞在身邊揮之不去，感覺實在稱不上舒服。

「我……我知道啦……我馬上離開……」

視線逼得少女站起身來，打算奔離現場。

但她辦不到。

依然四腳朝天的威廉正用手抓著少女的手腕。

「咦……？」

「妳忘了東西。」

威廉將另一隻沒抓著少女手腕的手伸過去。少女戰戰兢兢地伸出手掌，他就將小小的胸針擱到那上面。

「啊。」

「剛才那隻小貓掉的。妳就是在追這個吧？」

少女點了兩次頭。

「謝……謝謝你。」

困惑歸困惑，她還是用雙手捧著收下了胸針。

「妳第一次來這附近？」

少女又點頭。

「……這樣啊。沒辦法嘍。」

威廉起身摘掉自己的斗篷，然後不容分說就把那蓋到少女頭上。

沒了風帽的他，本身容貌便暴露在外。

纏繞皮膚的扎人視線與嘈雜聲，這次轉而針對威廉。

「咦……」

威廉自己看不見自己的模樣。不過他當然很清楚自己是什麼樣子。所以他很明白周遭的人們——還有眼前披上斗篷的呆愣少女看見了什麼。

有著一頭雜亂黑髮，本應尋常無奇的成年男性。

在他身上，應該無角、無牙、也無鱗才對。

「我們走。」

威廉牽起少女的手邁步前進。「咦，咦，咦？」摸不清狀況的少女儘管拖著聲聲疑問，還是用小跑步匆匆跟著他。

兩人倉促地離開了現場。

「……好。這樣就行了。」

威廉就近找了間帽店，進去買了頂普通的帽子。接著，他把那戴到少女頭上。

雖然尺寸感覺稍微大了些，不過比想像中還適合。威廉滿意地點點頭後，便收回他的斗篷。

「請……請問，這是……？」

一直任憑擺布的少女畏畏縮縮地問。

「妳只要戴著那個，就不會被發現是無徵種了吧。」

像他們這樣的無徵種普遍受到嫌惡。不過，外界看待他們並沒有到恨之入骨的地步。基本上，外表沒有特徵正是證明。只要行為不招搖，自然就不會引起太大騷動。

「我不曉得妳是從哪座『懸浮島』來的，但這裡對無徵種來說並不是什麼舒適的地方。勸妳趕快辦完事情回去。

港灣區就在對面——」

威廉指著路的另一端說：

「——假如妳擔心治安，要不要我帶妳過去？」

「呃，那個，不是那樣的。」

威廉的個頭還算高，少女則身材嬌小，剛剛才戴到她頭上的帽子外緣又太大片，說到底就是看不清她的表情。以喬裝而言固然完美，然而看不見彼此的臉孔，兩人現在要溝通就造成了些許問題。

「你是……無徵種嗎？」

「嗯。像妳剛才看到的一樣。」

戴著風帽的威廉微微點頭。

「無徵種怎麼會待在獸人的城鎮裡？在懸浮大陸群西南部當中，這座島應該算是排擠得最嚴重的吧？」

「久居則安嘛。雖然確實有許多不方便的地方，但習慣以後，這兒也有這兒的舒適之處……我反而想問，妳明知那一點還來這裡做什麼？」

「呃，我是因為……」

少女語塞。

話講到這裡就沉默下來，會讓威廉覺得是自己在苛責她。威廉低聲咂嘴不讓她聽見，然後率先踏出腳步說：「走這邊。」

少女沒跟上來。

「怎麼了，我要擱下妳嘍。」

「那……那個——」

依然用帽子遮著半張臉的少女拚命訴說：

「謝謝你替我做了這麼多。

還有，對不起，給你添了不少麻煩。

呃，然後，我想我沒有立場講這種話，不過——」

「……啊——」

威廉搔了搔頭。

「妳有想去的地方，對嗎？說來聽聽。」

少女的臉孔變得神采煥發——大概吧。威廉只看得見她的下半張臉，所以不太確定。

集合市場街周遭的路，一言以蔽之就是難認。明明看得見要去的地方，但看得見的路卻未必能走。繞來繞去到最後迷路的人並不在少數。

在位於這座「懸浮島」最高處的破爛高塔上。

腳底下鋪著廉價金屬板，每走一步路都會發出鏗鏗鏘鏘的嘈雜聲響，兩人繞了又繞，終於才抵達那裡。威廉姑且算當地居民，他對土地的認識多少有點用處，但也就僅限那麼一點。

他們剛才一會兒找公家自律人偶（Golem）問路；一會兒為了三岔路增加為五條岔路而頭痛；一會兒掀開路旁的布簾卻撞見蛙面族（Frogger）人在洗澡；一會兒又被迷路的狂牛追著跑；一會兒還因為東跑西閃地到處逃，而莫名其妙地摔到雞舍上，把屋頂撞了個洞，於是只好向怒罵的球形族（Ballman）人道歉，同時落荒而逃。

「啊哈哈哈，好慘喔！」

兩人在街上到處繞的期間，少女講話變得愈來愈沒有客套的味道。威廉判斷不出是她的性格本就如此，或者單純是剛才的各種體驗讓情緒亢奮起來的關係。不過，至少那看起來比先前畏畏縮縮的模樣更符合她的年紀。

然後，現在。

「哇啊——」

少女正把身子探到作用聊勝於無的護欄外，還發出情緒鮮明的感嘆。

放眼望去，景致確實不賴。近看只覺得亂糟糟的那片街景，換作從遠處俯瞰，看起來就像描繪精細的花紋。巷道未經規劃自然發展出的蜿蜒樣貌，俯瞰起來倒也有了真實生物般的躍動感。

視線從巷道稍微往上，就能看見港灣區。懸浮島外緣有一部分被金屬覆蓋，該處備有飛空艇起降所需的設備，相當於島嶼對外的門戶。

從港灣再過去——當然就是整片蔚藍的天空。

這裡是天上。

過去被稱為「大地」的世界，在各種層面上都已經變得遙不可及。

在這片天空中，有著為數過百的巨大岩塊隨風飄浮。那些彈丸之地被稱作「懸浮島」，這些便是現今「人們」能棲息居住的整個世界。

「……怎麼了嗎？」

少女探頭朝威廉的臉看了過來。

「呃，沒什麼。就當是藍天太耀眼了。」

威廉輕輕地搖頭，露出平時那副放鬆的笑容。

「什麼話嘛。」

少女嘻嘻地笑了笑，然後確認過周遭沒有別人的身影，才摘下帽子。

藍色髮絲——色澤和天空一樣的秀髮被風梳開，隨即流瀉盈落。

「妳想看的就是這片風景嗎？」

「是啊。

雖然我從更高更遠的地方看過懸浮島，可是至今為止，我都沒有好好地從城裡俯望過整座城市。」

——這女孩該不會是住在靠邊境的懸浮島上吧？威廉心想。

「所以我想，至少應該看過一次才對。

嗯。我的夢想實現了，也留下美好的回憶，我已經沒有任何遺憾了。」

這女孩說話感覺不太吉利。威廉又想。

「今天真的很謝謝你。

發生了好多美好的事情。全都是託你的福。」

「妳說得太誇張了吧。」

威廉搔了搔後腦杓。

以他自己來說，感覺像是在路邊撿了隻古怪的貓咪然後陪著散步罷了。只是因為碰巧有空，才會冒出平時不會有的興致。靠這點舉手之勞就換來感激，令他心裡有點過意不去。

「……所以，那是來接妳的嗎？」

「咦？」

威廉用眼神示意要少女看背後。

回頭的少女微微發出「啊」的一聲，表情變得交雜著驚訝與愧疚。

不知何時起，有個魁梧的爬蟲族人就站在那裡。

他們屬於全身覆有鱗片的種族，和其他種族相比，特徵是個體間的體格落差極為懸殊。儘管取平均值仍與其他種族相去不遠，然而，偶爾還是會冒出在其他種族眼裡只覺得身高像個小朋友的成年人；相反地，也會養育出簡直像是開玩笑般的大塊頭。

眼前這名爬蟲族人明顯屬於後者。

而且他不知為何身穿著軍服，該怎麼說呢，他單是站在那裡，就朝四周散發出無比的壓迫感。

「——是啊。我留下了美夢般的回憶，不過時間到了。」

少女一個轉身。

「最後我想再拜託你一件事就好。但願你能忘了我。」

說完，她便跑到爬蟲族人身邊。

什麼跟什麼啊。威廉心想。

大概有什麼隱情吧，這點威廉可以了解。可是，（先不管外表給人的印象）少女看起來似乎並沒有為隱情所苦。這樣的話，他應該不必過問。既然原本的飼主出現了，威廉就沒有義務繼續陪小貓散步。

少女在最後又一次低頭行禮，接著就與爬蟲族人一起消失在塔下層的人群中了。

「……看他們站在一起，身高差得還真多。」

威廉如此低語，目送著兩人的背影。

——從港灣區的方位遠遠傳來了鐘樓（Carillon）告知黃昏時分的樂音。

「哎呀，已經這麼晚啦。」

威廉約好傍晚要跟人見面。儘管好像還有時間，但是看來沒什麼閒暇了。

哎，再這樣一個人杵在原地也不是辦法。

威廉又朝底下的街景——還有再過去的整片天空望了一眼後，同樣走進了人群之中。

†

從名為人類的種族滅亡後算起，今年是第五百二十六年。

當時在那片大地上發生了什麼？

正確的紀錄並未留下。眾多史籍只會各自表述武斷的「真相」，當中真的有哪一派所載的是事實嗎？或者那些全屬後世史學家的妄想罷了？這點著實令人存疑。

不過，有幾件事是各家史籍都會提及的。

據載，當時的大地，對名為人類的種族相當不友善。

誰教人類為數眾多，又繁榮興盛遍布於大地，才會惹禍吧。他們受到許多的自生怪物（Monstrous）威脅。

名為惡魔或魔王的存在，皆要引誘他們步入歧途。

又總是和豚頭族、古靈族(Elf)因領土問題起糾紛。

人類之間更產出了「鬼族」這種受詛咒的變異體，危害到比鄰的同胞。

到最後，甚至有強大的星神率領眷屬攻打人類，各類災變層出不窮。

況且，據說人類絕非強韌的種族。

他們沒有鱗片，既無獠牙也無利爪，更沒有翅膀，又不具容納龐大「魔力」的器量，對奧妙的「魔法」亦不精熟。即使以繁殖力來說，也明顯遜於當時的豚頭族。

儘管如此，人類這樣的種族卻近乎支配過地表的一切。

有一種說法指出，他們的戰力主要是由名為冒險者(Adventurer)的侵略戰(Invasion)專家，還有統籌及支援其活動的聯盟(Alliance)組織為支柱。據說，他們是透過細分職能(Class)讓團體戰鬥更具效率；還將多元的異稟(Talent)分門別類以提昇管理及培育效率；最後甚至成功將強大稀有的魔法封入護符(Talisman)中量產。冒險者們藉此可從客觀的角度自我「培育」，並以非冒險者比不上的速度成長，進而成為強大戰力。

另一種說法則指出，除冒險者之外，人類還有稱作勇者的戰力。據說那是一群可以將靈魂背負的罪業或宿命轉化成力量的人，發揮的優秀戰鬥力可說幾乎沒有上限。其弱點只有一個，由於僅限極少數的獲選者才能當上勇者，因此數量絕對不多。

還有一種說法指出，被稱作聖劍（Carillon）的兵器群同樣發揮了驚人的力量。將幾十個強大護符組合成一把劍的形態，護符各自蘊藏的力量就會產生複雜的相互干涉作用，成就出破壞力絕大的戰略兵器。諸如此類的記載不一而足。

每種說法都顯得荒誕無稽。

全是些讓人無法盡信的內容。

然而，當時的人類是地表霸者這一點似乎屬實，因此他們需要足夠的力量將無數強大的敵人悉數打倒這點亦然。換言之，先前的說法當中，應該至少混了一兩項事實在內。

距今五百二十七年前。

「那些傢伙」在人類們的領域——神聖帝國中央的王城出現了。

當時的那些傢伙到底是什麼？它們究竟為何物？關於這一點，眾多史書各有其武斷的說詞。

有一說認為那是人類動用禁咒所產生的龐大詛咒結晶。

有一說認為那是人類研發用來投入對亞人戰線的祕密殺戮兵器失控所致。

有一說認為那是在某種契機下，使地獄之門開啟，放出的妖魔鬼怪。

更有一說認為，這是從遠古創世之際就沉睡於深淵底部的世界自動淨化機制甦醒。

大多數人都只會半開玩笑地訴說自己的空想，有意探究實際真相的人應該寥寥無幾。畢竟世界正逐漸走向末日。不管真相為何，那些傢伙依舊是難以對付的棘手威脅。縱使證明真相其實是「一株混進馬鈴薯田的落單番茄因為忍受不了孤獨，就展開了超級進化」，對眾人今後的日子又能有什麼影響？

只不過，它們是侵略者。

而且，它們更是殺戮者。

它們獲得了十七種野獸的形體，本身即象徵著乖謬。

野獸開始以驚人速度吞噬全世界，而人類無法徹底抵抗這樣的新威脅。

短短幾天，地圖上就少了兩個國家。

一星期過後，五個國家、四座島嶼和兩片海洋都消失了。

再隔一星期以後，地圖本身已經失去其意義。

據說從那些傢伙出現乃至人族滅亡，連一年都不到。

人類滅亡後，它們仍未停止腳步。

古靈族為保衛大森林挺身而戰，然後滅亡了。

土龍族（Morrighan）為保衛雄偉靈山挺身而戰，然後滅亡了。

龍為保衛君臨生物頂點的尊嚴挺身而戰，然後滅亡了。

好似某種玩笑一般，地表喪失了萬物。

有人察覺到，自己已經失去了在大地上生活的未來。

假如想活下去，就必須遠離大地，逃到野獸獠牙無法企及的地方。

——爾後，漫長歲月流逝，直到現在。

# 2．無徵種男子

我是什麼？威廉如此思索。

答案很簡單。不應在這裡的人類。不該存活於此的生命。

縱使有地方可歸，也已經沒有回去的方法，是無可救藥的迷途者。

†

還了三萬兩千帛玳。

剩下的債款，約為十五萬帛玳。

在太陽西斜的這個時刻，大街上繁華熱鬧。裝在街頭巷尾的燈晶石不分日夜地點亮周遭。

薄煙瀰漫，各色「行人」來來往往，攪亂淡淡紫煙。綠鬼族(Bogre)扯開嗓門叫賣。貓徵族(Ailuranthropos)女娼吞雲吐霧。豚頭族的幾個小夥子一邊哄笑一邊闊步於大街上。

相較之下，這條暗巷就安靜得多。

那裡沒有聲音，沒有氣味，沒有動靜，令人難以相信與那片喧嚷只隔著一棟建築物。

「半年左右沒見了吧，葛力克。」

在平價餐館中，位於內側的座位。青年傻呵呵地對久違的朋友露出缺乏霸氣的笑容。

他仍穿著破破爛爛的斗篷，不過現在已經拿下了風帽，無徵種的臉孔暴露在外。

「…………」

被稱作葛力克的男子——他是典型的綠鬼族——只是一邊數著收到的錢，一邊狀似不滿地微微哼聲。

信封裡裝著大量小面額的帛玳紙幣。要數也得花時間。

「呃，對了，阿那拉他們好嗎？」

氣氛微妙。

「那傢伙上個月出了差錯，進了〈老三〉的肚子裡啦。」

目光沒有從手上鈔票移開的葛力克淡然回答。

「還有，庫克拉也死了。你記得四十七號懸浮島在夏天沉了嗎？他被當時的崩塌波及，現在早成了地表上的斑點之一。」

「……抱歉。我太沒神經了。」

青年過意不去似的垂下肩膀。

葛力克則哈哈大笑。

「別介意，我和那些傢伙都是打撈者。我們在頭一次追尋夢想降落到地表時，就做好喪命的準備和赴死的覺悟了。

況且說來說去，那些傢伙還算長命的。畢竟幹打撈者這一行的，人生大多在頭一次降落到地表的當天就結束啦。」

錢算好了。

「三萬兩千。我確實收到啦。」

葛力克敲了敲紙鈔將邊緣對齊，然後重新裝回信封裡。

「……欸，威廉。你真的覺得這樣好嗎？」

「你在問什麼？」

「半年賺三萬，剩餘款項十五萬。假如一切順利，還要兩年半。」

「啊——你是指那個啊。抱歉，要賺得更快會有點困難。」

「我又沒有在催你。你明知道才那樣講的吧。」

葛力克將信封塞進舊皮革包裡，接著說：

「這裡是獸人族居住的島嶼，獸人族對無角無鱗無獸耳的傢伙——『無徵種』都抱持反感。你身上怎麼看都沒有特徵，不可能接得到正當工作。我猜你都是靠工錢寒酸到不行的零工勉強過活的吧？」

「哎，是沒錯啦……」

威廉的目光往斜上方飄。

葛力克瞇起眼睛。

「既然如此，這些就是你半年來所賺的近全額工錢了。對不對？」

「有扣掉餐費喔。因為最近的工作都不肯附伙食。」

「真是的，問題不在那裡。」

綠鬼族人焦躁地用指節突出的手指噠噠噠地敲著桌子。

「我想說的是，你的生活除了還債以外就沒有別的了嗎？

『醒來以後』過了一年半，你都沒找到什麼想做的事或者感興趣的事嗎？」

「你想嘛，有的說法不是認為生而在世，光是活著就夠有意思了？」

「我對那種用來把渾渾噩噩的人生正當化的老話沒興趣。」

葛力克一口撇清。

「我啊，要為了我自己覺得有意思的事而活。

地表（底下）堆滿了寶藏。隨地都能撿到天上（這裡）已經佚失的道具、資材和技術。

我就是喜歡去尋找，去發掘，去把那些東西帶回來換錢。

哎，即使沒挖到寶藏而讓自己虧本，對人生也是一帖刺激的猛藥。比如說，不小心誤闖〈老六〉的巢穴時，就是我在以往人生中最能強烈體認到自己活著的一刻。因為能經歷到那些——」

一瞬間，他露出遙望遠方的目光，然後又繼續說：

「我們才會一直當打撈者。

欸，威廉。你又是怎麼想的？

假如你的性子喜歡一點一滴地認真打拚，那也不要緊。可是，你都沒思考過還清債款以後的人生吧？」

「……這裡的咖啡喝起來，是不是有點鹹？」

用這句話裝蒜也太明顯了。

葛力克的臉色很顯然地變得不太對勁，找不到下句話該講什麼的威廉則掛著曖昧的笑容。

尷尬的氣氛就這樣環繞在他們之間。

綠鬼族的人基本上都思路單純，情緒化且忠實於本能。當然個人之間仍會有差異，葛力克平時就是個稀奇得令人懷疑其血統的理性派兼好辯者，同時也重人情。

威廉對他的那些特質有點吃不消。

「……欸，有一項差事，你要不要接看看？」

葛力克咕噥問道。

「哎，我有個熟人，那傢伙嘛——從事的是正經工作，他目前正在找人接活兒。因為行動自由受限的期間長了點，而且會跟無徵種扯上關係，人選好像不是想找就能找到。假如由你去，也不會對無徵種感到排斥吧。畢竟，你本身就是他們的一分子。」

「你也完全做得來吧。畢竟你是我寶貴的朋友。」

「我是打撈者，靈魂已經忘在大地（底下）了。接個差事還要被綁在天空，我可受不了。」

葛力克咯咯地笑著又說：

「關於差事的內容，怎麼講好呢？用一句話來說就是管理護翼軍的祕密兵器。」

「軍隊？祕密兵器？」

聽起來不太平穩的字眼。

在這懸浮大陸群上若提到軍隊，指的就是以武力對抗外敵〈十七獸〉侵略的公家組織。即使占有在天上的壓倒性地利，要對付讓以往地表生態體系全滅的〈十七獸〉，仍屈居下風，因此軍方為確保戰力，用上了許多不顧顏面的手段——據聞是如此。

「你也曉得吧。我已經沒辦法作戰嘍。」

「我明白。說是軍隊，也沒有叫你上戰場去打打殺殺啦。多的是見不得光的虧心文書業務要你做。」

「什麼跟什麼啊？」

這段說明給人的印象實在不太好。

「那種差事交給打工人員做好嗎？」

「大概不好。哎，反正我會幫你把身分文件那些都準備好。」

講話內容還是不太穩當的葛力克咯咯大笑。

「好啦，聽我說。總之那所謂的兵器，實質上好像是由奧爾蘭多貿易商會在管理維護和運用的東西。

如你所知，按照懸浮大陸群的法律，民間不許擁有殺傷力超過某種程度以上的兵器。然而，奧爾蘭多對軍方來說是重要贊助者之一，因此軍方不想傷了和氣。再說，就算護翼軍直接將兵器徵收，憑軍方的技術和資金顯然也無法正常管理或維護。所以嘍——」

「只好讓東西在名義上變成軍方的所有物，實質上則依然歸商會所有？」

「就是那樣。軍方要派個裝飾用的管理員過去，其他什麼也不做。對正牌軍人來說，那個『管理員』等於天大的閒職。不只在現場毫無發言權，東西本身又是祕密兵器，所以不能提交戰果。想出人頭地完全無望。所以嘍，這樁差事才會外流。」

綠鬼族那彷彿將琥珀崁在眼窩的眼珠直望著威廉。

「剛才也說到，軍人頭銜我會替你準備。反正只是當掛名的管理員，用不著特別的技術或資格。頂多只需要夠緊的口風和耐性。順帶一提，將風險津貼和保密費那些全部加起來，酬勞金額還不賴。就算把你的債全還清，剩下的錢也不算少。

你就用那筆錢去找個方式過活吧。

我知道你有你的隱情，不過別浪費獲救的性命，在這個世界好好活下去。那就是我跟那些傢伙的願——」

說到這裡，葛力克搖了搖頭。

「抱歉。因為熟人變少的關係，好像連我都變得情感脆弱了。」

綠鬼族青年臉上的苦笑，已經扭曲得連其他種族的人都能清楚看出。

話都說到這個份上了，威廉實在不好拒絕。

「我懂了。麻煩你說得更詳細一點。」

「你願意接？」

「我要多聽一會兒再決定。拜託你，先把那些聽完就拒絕不了的軟話收回去。」

「了解。首先我得說……」

葛力克露出明顯開心的臉孔，目光落到了手邊的咖啡上，又說：

「……這裡的咖啡喝起來，還真的有股鹹味。」

他咧嘴一笑。

葛力克是個理性，善辯而且重人情的綠鬼族人，換句話說，他是個好傢伙。

威廉對他的那些特質有點吃不消。

再提到懸浮大陸群，它是數量過百的懸浮島集合體。

位置接近中心點的叫一號懸浮島。編號由內而外呈螺旋狀分配。數字越靠近內側越小，越往外側則越大。

†

說到這裡還要再加上一些細節。貼近中心點的島——具體而言，編號到四十號左右的島彼此並沒有離得太遠。由於有幾座島幾乎都穩定處在緊鄰狀態下，有的地方甚至會用巨大鎖鏈或橋梁將彼此綁定。距離近，交流變多，更能直接為那些島嶼上的城市帶來繁榮。

相反的，靠外圍的島——編號七十號以後的島不只彼此離得遠，本身的面積大多也不足為道。如此一來何止與繁榮無緣，連城鎮本身都相當罕見，結果，聚集在那一帶的全是連公家聯絡飛空艇都不會納入巡迴路線的島嶼。

前述設施所在的島嶼，編號是六十八號。位置相當微妙。

總之，無法直接搭公家聯絡飛空艇過去。

當然若是不擇手段，去那裡的方式要多少都有。購買或包下飛空艇直接登島就行了。

然而要節制預算，就得考慮其他途徑。公家聯絡飛空艇會停靠的島當中，離那裡最近的是有爬蟲族聚落的五十三號島。到那裡找「擺渡(Ferryman)」的飛空艇過去就是了。

金額算得正好。威廉平安抵達了六十八號懸浮島。

可是，他在別的部分卻徹底失算了。

——威廉抵達當地時，太陽已經完全下山。

強風颯颯吹過。

「哈哈……這下失算了。」

威廉獨自站在無人的港灣區笑了出來。

穿不慣的軍裝外面披了大衣，衣襬正隨風翻飛亂舞。

僱來登島的擺渡飛空艇讓威廉下船後，就匆匆回到五十三號島了。這表示他已經斷了退路。

眼前有塊被風吹得破破爛爛的看板。

照上面所說，市區位於往右兩千卯哩處。奧爾蘭多商行第四倉庫則位於反方向五百卯哩處。旁邊有兩個紅色箭頭各指著不同方向。

「就是這地方？」

奧爾蘭多商會第四倉庫。

光從名義來看就不歸軍方了，不是嗎？威廉心裡質疑歸質疑，不過軍方既然肯僱用與軍人扯不上關係的自己來當管理員，大概也不會計較得太多。

而且，箭頭所指的方向——是條通往夜裡昏黑森林的小路。

路上當然看不到街燈那種貼心的玩意。

連盞燈都沒有就要往這座森林裡走，感覺是不太有趣。話雖如此，威廉總不能在原地等到天亮。他還想到可以先去城鎮找旅舍過夜，不過走那邊肯定也要趕夜路。況且從看板看來，距離似乎相當可觀。

「沒辦法。」

威廉抬頭朝星空望了一眼——接著，他步入黑暗之中。

好暗。儘管威廉當然從一開始就曉得會這樣。

連腳下都看不見。儘管這也是從一開始就曉得的事。

多虧偶爾從林隙間探頭的星光，他勉強沒有從路上走偏。可是，腳步也因此慢得可笑。

威廉不由得想起自己小時候讀過的童話。少年在夏夜走進森林中，結果再也回不來的故事。因為他在森林裡受妖精拐騙，被帶到了位於另一個世界的妖精國度——故事情節大致是如此。

當時，威廉曾擔心自己會不會也碰到相同的情形，而發誓絕對不靠近夜晚的森林。於是他那種膽怯樣被師父和「女兒」嘲笑了一番。正因為他現在的年紀已經稱不上少年了，才能將這段往事當作笑料來回憶。

「這裡不會有什麼危險動物吧……」

要說的話，那才是眼前要顧慮的問題。

六十八號懸浮島的面積尚屬廣闊。而且，這片森林相當寬廣。在天上保有過去地表自然面貌的地段，在整個懸浮大陸群中可說名列前茅。既然如此，難保不會有以往對地表造成威脅的狼或熊等害獸。

目前的自己碰上那些野獸，能不能全身而退？

威廉思索。換成「以前的他」，當然不成任何問題。威廉經歷過的磨鍊，並沒有輕鬆到一兩頭野生動物就能奈他如何。可是，如今他在各方面都已喪失力量，想法就不能像過去那樣樂觀。

腳下傳來濕漉漉的觸感。

似乎是因為威廉分心想事情的關係，他從路上稍微走偏了。動一動鼻子，嗅得出水的氣味。從聲音和觸感來判斷，這一帶肯定是溼地。

水、泥土和風交雜的氣味。有種莫名的懷念感。

受不了，這裡真的是天上嗎？威廉如此心想，並且在看不見任何人的黑暗中微微苦笑。

——在他的視野一隅，有光芒出現。

「喔？」

劇烈搖擺的光芒越變越大。

有東西正在靠近。

「來接我的嗎？」

仔細一想，剛才擺渡飛空艇在這座島上的港灣區靠岸時，應該就自動向這裡的設施發出了聯絡才對。既然如此，就算設施裡的某個技師或研究員注意到聯絡訊息而過來迎接，也沒有什麼好奇怪。

什麼嘛，用不著專程走到這裡啊。

威廉如此心想，正打算往光芒那裡走去──

「喝呀──！」

光芒就蹦起來了。

以殺聲來說太可愛了些。

來勢出奇凶猛的木刀從黑暗中朝威廉直指而來。

他不懂這是為什麼。自己沒理由在這裡突然遭受襲擊。

威廉也覺得這下不妙。要躲過這刀不難。然而他一躲，八成是用全力撲上來的襲擊者就會按照物理法則，呈拋物線摔進他背後的濕地才對。

怎麼辦呢？

身體比設法想出冷靜結論的腦袋早了一點採取動作。威廉向前半步，側身閃過木刀劃出的弧線。接著他張開雙手，直接用整個上半身承受襲擊者的衝撞。

衝擊。意外沉重。下半身撐不住。

身為戰士的本能擅自開始運作。意識的開關切換成戰鬥用，體內的魔力正準備活化。照這些步驟，原本應該能激發全身膂力並加快判斷力才對。

劇痛湧上全身。

沒了力氣。

威廉就這樣倒了下去——倒向背後的整片濕地。

大大的水聲嘩啦響起。

……水花停歇。泡在濕地的背急遽喪失溫度。

襲擊者的右手上有疑為魔力催發的小小燈火。在那小小的光芒照耀下，黑暗中浮現了一小塊彷彿擷取出來的明亮天地。

到最後，襲擊者騎到了威廉肚子上，還一臉得意地俯視著他哼聲。

光澤如黎明般的淡紫色頭髮。圓滾滾的紫眼。

「喂，潘麗寶！妳在胡鬧什麼！」

從林隙中蹦出了新的魔力燈火朝這裡靠近。不久，另一個少女從森林昏黑中現身。

讓威廉覺得眼熟的天藍色頭髮。

紫髮少女抬起臉龐——

「我成功討伐可疑人物了。」

口氣得意洋洋的她又哼了一聲。

「這附近有水冒出來，妳突然亂跑會很危——咦？」

威廉之前曾見過的那張臉，貌似吃驚地（應該說對方就是吃了一驚）朝他看了過來。

「咦？潘麗寶說的可疑人物……是你？怎麼會？」

「嗨……」

威廉輕輕舉起手，然後無力地朝對方微笑。

†

當然，威廉並不能讓自己一直渾身溼漉。

他借了熱水。

洗掉泥巴，換了衣服，整理好頭髮，站到鏡子前面。

眼前，有張黑髮黑眼的男人面孔——他重新審視。

缺乏英氣，顯然不習慣與他人相爭的眼神。自然到讓人懷疑是不是骨頭或肌肉原本就固定成那種形狀的曖昧笑容。

為了掩飾自己是無徵種，威廉以前曾試著戴上假的角和獠牙。然而那些東西都和他不相襯到令人難過的地步。他覺得那些到底還是用來表現獸性或野性的零件。所以唯有放在具備相當程度獸性或野性的人臉上才會合適。

威廉再次檢查全身上下，確認疼痛並未殘留。光想催發些許魔力就痛成那樣，他覺得自己實在是廢了。以前自己在體內催發出戰略級魔力的情況下，明明還可以邊打瞌睡——儘管威廉也明白讓心思徜徉於早已失去的事物並沒有用。

話說，這裡應該是軍方設施。

然而從內部結構看起來，卻完全沒有那種調調。年代已久的木板走廊，灰泥牆壁，相同間隔的好幾個小房間。牆上貼著家事輪班表以及「二樓廁所故障中」、「走廊上請勿奔跑」的告示。

另外，還有躲在各個死角窺探著威廉動靜的少女們。

「走這邊。」

為他領路的是之前那個藍髮少女。

威廉重新觀察對方的模樣。

年紀——以「人族」為基準，大約十五六歲，要不然就是接近。身上並無特徵，整體造型和人類十分類似……可是讓威廉聯想到春天晴朗天空的鮮豔藍髮，絕非人族會有的髮色。無論用何種染料，感覺都不能表現出這麼自然的透明感。

和在白鐵攤販街見面時相比，她的氣質變得格外穩重，態度也顯得淡然。不過，那應該不是她平時的本色才對。每當她內心感到動搖或迷惘，色澤如海洋一般的眼睛就會明顯閃爍。

俗話說旅行在外不用怕羞，表示少女先前在威廉面前表露的那一面，對她來說大概屬於類似的心理吧。那屬於她在日常生活中羞於對人表露的本色。

威廉覺得對方應該是個處處都無法坦率的女孩。以前威廉也認識這樣的晚輩。感到懷念的他自然而然地露出了笑容。

「怎……怎樣嘛？」

「不，沒事。麻煩妳帶路。」

少女不時會心神不定地轉過來看威廉的臉，似乎想說什麼——但不知道她是怎麼想的，立刻又把話吞回去，還擺出保持距離的態度。這樣一來，威廉總不好跟她裝熟，只能默默地保持半步的距離跟在後面。

剛才被稱作潘麗寶的紫髮少女——她大概是十歲左右——對於威廉他們那副模樣，則是一臉不解地交互看來看去。

「失禮了。」

威廉被帶進的房間裡，擺了小張的桌子和兩把椅子，還有書架、床鋪跟其他亂實用的小東西都一應俱全。

「這哪裡像『倉庫』啊？」

拖到現在，他終於忍不住嘀咕了。

「——我早知道過來的人會有這種反應，所以才希望監視和報告都只要做做樣子就夠了。」

房裡有個女人。

她身上同樣不具特徵。

就外表年齡而言，應該和十八歲的威廉一樣，或者歲數略長。

以女性來說個子滿高，視線位置幾乎和威廉一般高。

緩緩流洩於背後的淡紅色頭髮。澄澈的黃綠色眼睛。青草色襯衫上面搭配著白色的圍裙洋裝。

身段沉穩含蓄，看得出良好教養。

女性嫣然一笑說：

「歡迎來到祕密的武器倉庫——好久不見，威廉。你是不是長高了？」

「……妳為什麼會在這裡，妮戈蘭？」

威廉從口中擠出女性的名字。

此時，房門外傳來某種「咯登」的聲響。他決定當成沒聽見。

「這還用說，當然是因為我在這裡工作啊。從葛力克那裡聽說時，我可是嚇了一跳喔。畢竟我想都沒想到，被派過來的人居然會是你。

啊，恭喜你昇遷，威廉·克梅修二等咒器技官。獲得軍籍的當天就能像這樣高昇，你出人頭地的速度真是空前絕後耶。」

「別逗我。這是徒具頭銜的假官階。好歹要當一座軍方設施的管理員，沒有相當地位似乎就不夠派頭了。」

……照這麼說來，那傢伙口中的『有個幹正經工作而且正在找人才的熟人』——」

「啊，那大概就是說我了。」

「臭傢伙。」

下次見到葛力克，威廉會扁他一拳。

用不著客氣。既然對方敢設這種圈套，肯定也有吃拳頭的心理準備才對。

「話說回來，這麼晚的時間在森林裡走，應該很辛苦吧？假如你捎個聯絡，我明明可以到附近島嶼接你的。」

威廉在對方催促下就座。

桌上擺著叮叮噹噹的茶具，大概是趁他洗澡時準備好的。

「都是因為我在二十五號島待久了，對飛空艇那玩意兒不熟。我還以為上船後一下子就到了——下次我會先通知妳一聲。」

「要記得喔……那套衣服滿合適你的呢。」

「我本人穿了是覺得綁手綁腳，都快要窒息了。」

「哎呀，別說那種令人傷心的話。你看起來比剛甦醒時多了兩成『美味』喔。」

「換句話說，生命危險也高了兩成。」

「哎喲，說話別那麼壞心眼，你要信任我啊。

之前我不是說過嗎？就算我是食人鬼（Troll），而你是世上罕見的『珍饈』，我目前也不打算吃你。」

妮戈蘭併攏雙掌，微微偏著頭又說：

「畢竟太可惜了嘛。只為了一時的食慾就糟蹋掉世上僅存的最後一人，我才沒那麼不識趣呢。」

光看她的動作，實在很可愛。

然而，威廉的背脊卻陣陣發涼。

「……假如你本人說可以吃，我當然會考慮就是了。」

「那免談。嗯，再怎麼說都免談。」

「是喔，你不會改變心意嗎？換成只吃一條手臂，不對，只吃一根手指的話呢？」

不行。這個話題越談下去，威廉越會感受到某種危險。

所謂食人鬼，算是古典且傳統的怪物之一。他們從以前就被當成一種怪談，在旅行者之間耳熟能詳。

與村落距離遙遠的獨棟民宅裡，有個不知因何獨居的俊男或美女。據說他們會溫柔地招待走累的旅行者到家裡，用大餐表示歡迎，盛情款待以後，到了夜裡就會在一轉眼把人吃個精光。

直到前陣子，威廉都以為那只是傳說罷了。要不然就是編來教誨缺乏歷練的旅行者，要他們在踏上陌生土地時別放鬆戒心的虛構故事。等到他得知食人鬼是從以前就存在於現實中的鬼族之一時，便錯愕得目瞪口呆了。

……儘管當事人隨後還取笑威廉：「被你當成傳說，心情真複雜呢。」

房門外又傳來某種「咯登咯登」的聲響。

走廊有好些不安分的動靜。威廉決定當成沒發覺。

「來談工作吧。

聽說來這裡幾乎什麼都不必做，但是沒人告訴我詳情。我從明天起該做些什麼？不對，今天接下來有什麼事要做嗎？」

「唔──……這個嘛。

你接下來打算在這裡停留嗎？」

「當然了。我是以『軍方兵器』管理員的身分來到這裡。就算只是名義上的職銜，至少我也得待在同一個地方，否則連名義都無法成立啊。」

「上一任還有上上任的管理員，都是在頭一天來這裡露臉以後就立刻離開，任期中也一直沒回來喔。」

「喂，那樣真的行嗎！」

看來這項工作的馬虎程度更勝於威廉所聞。

「所以嘍，假如你認真表示『這種鬼地方誰待得下去！』即使你要離開到外島生活，也沒有任何問題就是了……」

「下場總不會是說完一轉身就被妳拿刀捅吧？」

「啊，好過分喔。你把我當什麼了？」

威廉當然是把妮戈蘭當成會吃人的鬼。

他長嘆一聲。

「哎，就算工作沒內容，放牛吃草也不合我的主義。我是抱著居留的打算過來的。」

「是嗎？太好了！」

在嘴邊輕輕拍掌的妮戈蘭面露喜色。

「那麼，得趕緊替你準備房間才行嘍。

啊，在那之前要不要先用晚餐？你肯定餓了吧。希望餐廳還有剩些什麼……明天我會煮一頓豐盛的，敬請期待喔。」

威廉又沉沉地嘆了一聲。

他從以前就不擅長和妮戈蘭相處。該怎麼說好呢？姑且先不管妮戈蘭會對自己有食慾（雖然這完全無法漠視），對成年男子來說，光看她其他的舉動就讓人靜不下來了。

「呵呵，我有一年沒替你打理日常起居了呢，威廉。總覺得好高興。」

威廉是個男人，更是個年輕人，亦即在身心兩方面都懷有原罪且難以抗拒的可悲生物。因此當年輕女性（而且彼此可以算相近的種族）帶著滿懷好意的笑容要照顧自己，這樣的情境就會讓他雀躍不已。

然而，可別搞錯了。妮戈蘭的那種好意八成沒有性暗示。從本質上來說，那跟農家的人關愛牛或雞是一樣的。

身為食人鬼的她會對威廉那麼好，都是為了「灌注愛情養育」→「吃掉」這樣的循環。

本能啊，鎮定下來。理性啊，快點運作。眼前的是捕食者。心臟猛跳則是因為生命危險逼近的關係。別搞錯了。

威廉重複提醒自己，設法讓心跳恢復正常。

「怎麼了嗎？你的臉色好陰沉。」

對於年輕男子心中的糾葛，身為年輕女性的當事人渾然無所覺。

「……我再確認一次，妳沒有打算吃我吧？」

「沒有啊，我真的只是想要好好照顧你。

不過你想嘛，食人鬼也有想用全力款待客人的欲望。相對的，我（目前還）不會要求做到最後，能不能請你陪我抒發另一種本能呢？」

「OK，妳剛才小聲省略了哪幾個字，給我清清楚楚地再講一遍。」

「我什麼也沒說喔。」

妮戈蘭若無其事地回答完以後，便靜靜地從位子上起身，並打開房門。

門口出現雪崩。

橙、綠、紫、櫻。頭髮顏色各異的少女們——每個看起來都在十歲左右——疊羅漢似的在絨毯上倒成了一團。

「欸，妳們別推啦！」在其他共犯底下變成肉墊的少女抱怨。

「對對對……對不起對不起！」點頭如搗蒜的少女賠罪。

「嗨，妮戈蘭。我來打擾了。」一臉若無其事的少女……方才見過的潘麗寶開口問好。

「噢，打擾啦！」咧嘴笑得像太陽一樣耀眼的少女附和。

所有人像潰堤一樣同時開口講話。

妮戈蘭完全不理那些話，威風凜凜地雙手扠著腰站到少女們面前說：

「回房間去。」

不容分辯的一句話。少女們停下動作。

其中一名少女戰戰兢兢地舉手說：

「呃——離開之前，我們想跟新的管理員打聲招呼……」

其他少女點頭表示同意。然而——

「妳們沒聽見嗎？」

「可是……」

妮戈蘭慢慢地將頭偏到一邊，看著少女們的臉。

「假如妳們太不聽話……」

接著，妮戈蘭笑了。

豔麗得有如大朵花兒的笑容。

「我會吃掉妳們喔。」

有如慈母疼惜嬰孩般的和緩嗓音。

才一轉眼，少女們就從房間裡跑得不見人影了。半點猶豫的意思都沒有，撤退得實在漂亮。

「好了，我們走吧。」

妮戈蘭一個轉身，語氣雀躍地喚了威廉。

「……嗯。」

被狀況嚇住，還差點從椅子滾下來的威廉應聲回答。

用餐期間，妮戈蘭一直是眉開眼笑。

多虧如此，威廉只覺得嚇個半死。

†

供管理員居住的房間裡，幾乎什麼都沒有。

房間本身絕不算窄。不過，裡頭有床鋪、空空如也的衣櫃，還有壁掛式夜燈，總共就這樣。只是釘上木板的地板上什麼也沒鋪，更找不著用來遮窗戶的窗簾這種貼心玩意兒。

窗外景色黑得像塗滿了墨水。光是看著彷彿就會被吸進去或被壓垮般，具備壓倒性質量的那種黑。

「哦。」

這房間真不錯，威廉心想。

他之前住的是綠鬼族勞工用的集合住宅。

就算對清潔方面之類的問題睜一隻眼閉一隻眼，他和綠鬼族的體格還是差得太多，在配給的床鋪上實在睡不好，因此每天都是窩在鋪在地板的被毯上睡覺。與那相比，大多的房間都像天堂。

威廉將行李扔到地板，試著倒上床鋪。柔軟的床墊，加上帶有些許陽光氣味的床單。

淡淡的疲倦滲透到全身上下，逐漸將意識沖淡。

「……哎呀，在這之前。」

趁還沒有真的睡著，他將身子拖離床鋪。

先脫掉這套悶熱的軍服吧。然後將數量不多的便服收進衣櫃。其他個人物品好像沒地方放，不過那些東西原本就不多，一直收在包包裡也不礙事。

真安靜，他心想。

那令人舒暢的寂靜，滲入了早就習慣二十八號島喧鬧環境的身體。就在此時——

『——妳們覺得呢？他是不是睡了？』

『我……我不知道啦。再說，我是第一次碰見男人。』

『稍微控制音量比較好，會被目標發現。』

——門外傳來的些許動靜和細語，壞了那片寂靜。大概是剛才被妮戈蘭趕走的那群小孩吧。不知道該說她們是玩心堅強或者不畏威脅，真有活力。

威廉放輕腳步，朝門口走近，然後屏息，將手放上門把，數到三以後就用力打開門。

少女們又像雪崩一樣倒進房間裡了。

「怎……怎麼回事！」

「對……對不起對不起！」

「嗨，管理員。真是個美好的夜晚。」

威廉當場蹲下來配合少女們的視線高度，然後把豎起的食指湊在自己嘴邊。少女們眨了個眼以後，大概就明白了威廉想表達的意思，也跟著把指頭湊到自己嘴邊。

會被妮戈蘭吃掉喔。在場所有人都只用眼神互相提醒。

自古以來，凡是要讓小孩子聽話，一律會搬出鬼怪來嚇唬他們。

威廉讓少女們進了房間。

椅子不夠她們坐，這可怎麼辦——威廉根本沒空悠悠哉哉地想這些。少女們一進房間，就把他逼到了牆角。

「欸欸欸，你從哪裡來的！你是什麼種族？」

「你和妮戈蘭的關係是？你們的對話感覺好有深意耶！」

「你有沒有女朋友！你喜歡哪種類型的人？」

「呃，你有沒有喜歡吃的東西？另外，有沒有什麼是你不敢吃的？」

「還有在剛才問的問題中，你會先回答哪一個？」

少女們像弩弓隊放箭一樣地將問題接二連三拋來。

威廉則輕輕舉手要她們別再問下去。

「我會先回答妳的那個問題。我沒有女朋友，偏好溫柔可靠的年長女性。喜歡的食物是辣味夠勁的肉類料理。不敢吃的東西應該沒有——可是之前看到爬蟲族的便當時，我覺得那個我無法接受。我和妮戈蘭的關係相當於農家和迷途羔羊。到今天早上為止我都待在二十八號島。種族好像混了許多種血統，連我自己也搞不清楚。」

然後他一個一個地指著發問者，回答了所有問題。

少女們口中發出「哇喔」的驚嘆聲。感到痛快的威廉得意地對她們笑了。

在養育院長大的他，在應付小朋友的過程中學會了這一招。此外，照理說同樣是在養育院長大的「女兒」，看了「爸爸」這副模樣也只會頗為認真地嘀咕：「真噁心。」

——唉。小朋友真好。

威廉感慨地這麼心想。

即使同為女性，小孩就是跟大人不一樣——尤其不會像某個性格惡劣的食人鬼那樣賣弄風情勾引人。他不用懷疑小孩所表露的善意或惡意背後是否有玄機。啊，小孩這種生物真是太棒了。

「我名叫威廉，要暫時受這裡照顧了。」

「你要住在這裡啊？」

「因為那就是我的工作。」

少女們又發出「哇喔」的驚嘆聲。從她們彼此耳語的內容來判斷，有人來這裡居留似乎是前所未見的稀奇事。

原來如此，這裡是六十八號懸浮島，正如威廉本身所體驗的那樣，要往返其他島嶼並不容易。因此光是有平常沒見過的人在，就被她們當成了一種娛樂。

當他思索著這些時——

「喂，妳們幾個在做什麼？」

開著的門外頭傳來了輕輕的斥責聲。少女們全僵住了。

是妮戈蘭——不對。是那個天藍色頭髮的少女正站在門外。

「妮戈蘭叮嚀過妳們，人家大老遠地來到這裡一定很累，所以不可以打擾，對不對？」

「唔，呃——那個，我們是因為……」橙髮少女說。

「克制不了好奇心。」紫髮少女說。

「對，就是那樣！這就是所謂的不可抗力！」櫻髮少女說。

各自找藉口的她們遭到打斷。

「她！叮！嚀！過！對！不！對？」

「是的——！」

少女們再次發揮一溜煙就逃掉的速度。

可以聽見「威廉掰掰——明天見——」的聲音正沿著走廊逐漸遠去。

「真是的，都不肯聽別人的話。」

天藍色頭髮的少女微微哼聲，像在表示困擾。

接著她似乎是察覺到威廉的視線，抬起頭。

「對不起，我們這裡的『小不點』們吵到你了。」

然後聲音清澈地這樣告訴威廉。

「沒關係。我很習慣陪小孩……不對，我以前就習慣了。」

「能聽你這樣說是很好，不過別太寵她們喔。因為那些孩子要是沒有人管，就會野得無法無天。」

「哈哈，我懂了。以後我會注意。」

威廉一笑，少女卻不知為何微微地吞了口氣。

短暫的沉默。

威廉原本以為她應該會立刻離開房間，可是少女沒有動。

「呃……還有剛才潘麗寶拿木刀打你那件事，我也要向你道歉。她是個活潑的好孩子，不過她並沒有惡意。」少女猛然想起似的說。

「我沒生氣啊。幸虧有你們借我熱水，我才省得感冒。」

「是……是喔。呃，還有就是，那個……」她立刻又沉默下來。

有種把話悶在嘴裡說不出的感覺。

「我叫……珂朵莉。」

「嗯？」

「這是我的名字。

之前才叫你忘了我，事到如今還要介紹自己的名字，總覺得好難啟齒，你不想記當然也沒關係，不過事情既然變成這樣，我覺得姑且還是要向你報上名字才對。」

「……嗯。」

這麼說來也對。威廉和她連彼此的名字都還不曉得。

「我叫威廉。請多指教，珂朵莉。」

一瞬間，珂朵莉「唔」地哽住呼吸。

「然後，呃，還有就是……」

她摸索著如何開口。

「……沒事。很抱歉打擾你，好好休息。」

珂朵莉準備離開房間。

威廉看到她的背影，瞬間想起一件事。

由於意外與妮戈蘭重逢的關係，令他心思混亂得把事情都給忘了，不過從抵達這裡以後，有個疑問就一直在他腦海的角落打轉。

「麻煩妳等會兒。我想起一件事情要問。」

「咦？」

差點關上的門又緩緩打開。

「我來這裡，是要管理商會所擁有的兵器。」

「嗯。」

少女漠然點頭。

「然後，這裡是用來收藏那些兵器的倉庫。」

「是啊。」

她再次點頭。

「——可是，我再怎麼看，也不覺得這裡看起來像倉庫。要管理的兵器在哪裡？」

威廉環顧房內。

再看向窗外。

無論怎麼看，這裡只是座居住設施。沒有誇張到像倉庫的建築。

或者，威廉聽說兵器是用於對抗〈十七獸〉的戰鬥，自然而然地就把那想像成巨大自律人偶之類的玩意，莫非東西並沒有那麼大？既然如此，在這棟看似宿舍的建築物當中，兵器也許就收在某個房間，說不定還有可能全部堆在類似打掃工具櫃的地方。

不過就算是那樣，依舊會留下一個謎。

「還有……或許這不是適合拿來問當事人的問題，但妳們是什麼人？為什麼會待在應該是軍方設施的這塊地方？」

少女用看不出表情的眼神朝威廉望了幾秒鐘。

「……你連那些都不知道就過來了？」

珂朵莉瞇起眼睛低語。

「而且，你什麼不知道就陪著那些孩子玩鬧？難道你屬於當場想到什麼就做什麼，都不會想太多的那種人？」

「唔。」

威廉並非沒有自覺。他無言以對。

「哎，算了。反正也沒有什麼好隱瞞，我告訴你。你剛才的第二個問題，就是第一個問題的答案。第一個問題則是第二個問題的答案。」

「咦？」

聽起來像謎題的答覆。

「妳那是什麼意思？」

「不用想得太難。和我字面上說的意思一樣。我們幾個，就是你所問的兵器。」

——啊。

費了點時間，那句話的含意才從威廉的耳朵傳達到他腦中。

珂朵莉擺了擺手。

「——那麼，我們的管理員，以後請多指教。」

她留下這句話之後，這次便真的關上了房門。

# 「天上之森」

-late autumn night's dream-

## 1. 空有名分的管理員

我是什麼？威廉如此思索。

久遠以前，他曾在養育院生活。

威廉在那個地方遇見了師父。他受到師父栽培，從師父那裡學到謀生所需的一切。

基本上，他那個師父算是糟糕的大人。

一般而言，養育院的管理員等於院裡孩子們的大家長。威廉的師父卻把職責拋諸腦後。多虧如此，讓孩子們叫「爸爸」的任務，便完全落到當時同樣是個孩子的威廉身上。

威廉的師父酒品也很糟，每次一喝酒就會紅著臉說：「我以前可是正規勇者喔。」吹牛也不打草稿，讓人受不了。和其他大人相比，他確實很有體力，劍術也強，又格外博學，不過養育院的孩子們當時的共同看法是「勇者才不會長那樣」、「光看臉就覺得像基層反派」。

還有許許多多的其他罪狀。應該說，數也數不完。舉凡不規矩地朝鎮上姑娘吹口哨，意圖讓小朋友讀亂七八糟的書，被嫌多少次也不肯剃掉那一嘴邋遢的鬍子。

——何況每次遇到緊要關頭，他都不在養育院。

因此，威廉自幼就下定決心：自己絕對不可以變成像師父那樣的大人。

不管怎樣，他那個師父講過這麼一番話：

「要愛惜女人。男人絕對逃不過她們那一關。

更要愛護小孩。大人絕對贏不過他們。

要是碰到小女孩就認命吧。我們再怎樣都敵不過她們。」

威廉覺得師父教的這番道理很是棘手。可以的話，他也想違抗。

然而，傷腦筋的是，這些話也和師父講過的其他話一樣，成了他的血肉且存續至今。

多虧如此，威廉還曾經蒙上偏好女童的嫌疑——關於那檔事，他就不願回想了。

†

什麼都不必做，要比想像中更舒服，也比預料中更痛苦。

回想起來，威廉覺得自己過去一年半的日子一直都在被時間追趕。畢竟無徵種在那裡接得到的工作盡是酬勞低廉的差事，不多接幾件根本過不下去。他得從早上忙到深夜，有時甚至要忙到隔天早上，能做多少工作是多少。睡覺則無關日夜，只能自己找零碎的空檔補眠。

所以光是能在柔軟的床鋪熟睡，並且在晨曦照耀下醒來，威廉就覺得舒暢得沒話說。

不過，醒著的期間同樣有別於昨天以前的生活，並不會一直被排好的工作追趕，處於這種「總之人在就好」的狀態，也有其難受之處。人心只要稍微空閒下來，馬上就會回想起不願回想的事，也會去思考不願思考的事。

要說的話，這座「倉庫」本身待起來的感覺也頗微妙。

這裡所有的小孩差不多有三十個。全是女孩。

儘管年齡參差不齊，大多仍在七到十五歲左右。

而且，她們全都留著色澤剔透明亮的頭髮，無一例外。

那種顏色像從抽象畫裡冒出來的一樣，感覺很不真實，卻出奇地沒有不自然的感覺。

恐怕是因為她們的髮色並非是用那些顏色染上去或經由脫色造成的吧。

還有，每個女孩似乎都不習慣和大人或男性相處，大多對威廉存有戒心，遲遲不肯露面。

唉，這也沒辦法——威廉如此心想。只有頭一天跑來他房間的那幾個少女比較特別，會怕生才是小朋友的正常反應。原本只有她們的世界裡，突然闖進了高大的異物。當然不是所有人都能心平氣和地接受。

走在廊上的威廉忽然感受到有動靜而回頭。受驚似的小小背影拔腿就溜。當類似的狀況接連出現好幾次以後，他開始對出房間走動這件事有罪惡感了。

然而就算威廉窩在房間裡，不用說，他也沒事做。

他並沒有養成什麼值得一提的嗜好，就算要鍛鍊身體——事到如今也毫無意義。

威廉坐到窗邊，茫茫然地望著外頭殺時間。他覺得那樣似乎還不賴，可是總不能在接下來的幾個月都只用那種方式過。

換上便服的威廉走了一段路前往市區。

平緩的坡道上，排列著一百多棟石砌建築。不知道能否用鄉野風情來形容其景觀，當然那與頹廢的二十八號島可說大異其趣就是了。

走在路上，讓威廉訝異的是自己既沒披斗篷也沒戴上風帽——即使一眼就能看出是無徵種，路上行人對他也沒有表露出什麼特別的情緒。

打算順便吃午飯的威廉就近找了間簡餐店進去，然後和老闆提起這件事。

「當然啦，在這種地方計較那些又沒用。」

長著棕毛狗頭的獸人族青年一邊甩平底鍋，一邊朝背後答話。

「假如因為誰長得像從前的壞蛋就在背後指指點點，根本沒完沒了吧。要講人壞話，還不如直接找目前正在幹壞事的那些傢伙開刀。

哎，要是生活環境裡的壞人太多，厭惡的事物也太多，或許就怪不得他們了。那些人肯定是因為細數真正想批評的事情太難過，只好把砲口都指向超然於那些的『歷史罪人』。還讓全城上下把那當傳統。

在我們這種活得悠悠哉哉的人看來，倒覺得真是辛苦他們了。」

原來如此啊，威廉心想。

「再說你是外地來的大概不曉得，我們這附近啊，有個恐怖到極點的無徵種，古時候的人族根本沒法比。

任何人只要看過一次那可怕的笑容，肯定都會把古時候的事情拋到九霄雲外。光是現在能活著就要對星神感激不盡了。」

……原來如此啊，威廉心想。

他一邊漫不經心地聽老闆講話，一邊在桌子旁等待餐點做好，就在這時候——

「哎呀？你……」

有張熟面孔走近。是髮色如晴朗藍天的少女。

「嗨，珂朵莉……還有……」

珂朵莉身後，還有兩個年齡與她相近的少女。

在居住於那座倉庫的小孩當中，她們三個算相對年長的。話雖如此，充其量也就十五六歲罷了。

「哦，這位不是目前話題正熱的大帥哥嗎？」

髮色偏淡金色的少女俐落地跑了過來，把臉湊到威廉面前問：

「再說現在是怎樣？打招呼居然只叫珂朵莉的名字，你們什麼時候進展到那樣的關係了？方便追究兩位的關係嗎？」

「別鬧了。」

「ＯＫ，我不鬧了。」

金髮少女對冷冷出聲的珂朵莉做出回應，一下子就抽身後退。

「我們之間又沒有什麼好消遣的關係。

呃，該怎麼說呢……我只是碰巧比其他女生更早遇到他，又碰巧有機會報上名字。就這樣而已。」

「嗯。既然妳那麼說，就當作是那樣吧。」

「本來就是那樣。」

「了解，妳說了算。

那麼，威廉二等咒器技官，假如有榮幸請你順便記得我們的名字就太好啦。吵吵鬧鬧的我叫艾瑟雅，然後──」

艾瑟雅回頭指了一臉彷彿事不關己地坐在隔壁桌的第三個少女說：

「那個讓人感覺我行我素的叫奈芙蓮。以後請多指教嘍。」

「……滿獨特的自我介紹。我不用講自己的名字了吧？」

「哎，反正我已經掌握到大概啦。

你愛吃辣的肉類料理；對食物不挑剔，可是不敢吃迎合爬蟲族口味的便當；偏好有包容力的年長女性……我說的對不對啊？」

威廉這下子懂了，原來情報是從那幾個女孩口中流出去的。

「……等一下，艾瑟雅。妳剛才在講什麼？那些事我都不曉得耶。」

「呵呵呵，掌控情報的人就能掌控懸浮島。平日的諜報工作做得勤，將來才有好東西吃喔。」

「欸，妳把話說清楚！」

她們倆就這樣一邊亂開心地拌嘴，一邊回到第三個少女——奈芙蓮那邊去了。

還真是聒噪。

「什麼啊，原來你跟住倉庫的那群姑娘認識？」

犬種獸人族青年走了過來，把盛著午間套餐的鐵盤端上桌。烤馬鈴薯配碎蔬菜，許多厚厚的煎培根加小麵包，最後則是用杯子裝的湯。

「是啊。日前我住到那裡工作了。」

「哦，你住在——那座倉庫——是嗎——」

不知為何，威廉可以看出青年長滿棕毛的臉正逐漸失去血色。

「噫——！」

對方嚇得以驚人之勢後退。

而且他背靠著牆壁，手腳還不停擺動掙扎。

「對對對不起別殺我別吃我家裡還有五個餓著肚子的母親和年邁孫兒得靠我養。」

……這反應出乎威廉的意料。

不過，他很容易就能想像自己受到什麼樣的誤解。

「我並不是食人鬼。」

「這家店還有欠錢所以我的肉肯定又硬又難吃──咦？你剛才說什麼？」

青年停下動作，眨了眨圓圓的眼睛。

「我說了，我並不是食人鬼。無徵種看外表確實分不出來，但我不會吃你啦。」

「可……可是……你想嘛，假如不是同族，怎麼敢跟出了名的『紅胃袋』住在一個屋簷下？」

「──難不成這個市區從以前到現在，已經被吃過好幾個人了？」

威廉看著青年害怕的模樣，腦裡浮現了不願想像的可能性。

而且萬一那是真的，事情就嚴重了。縱使懸浮大陸群每座島各自孕育出各式各樣的文化，整體仍具備共享同一部法律的聯邦體制。

若按照法律，不論任何種族，單方面殺害有智慧的生物都會構成重罪。

即使當事者是食人鬼亦同，或者說，正因為是食人鬼才更不容許隨意進食。

「呃，倒不是那樣啦。」

青年垂下狗耳朵說：

「前陣子，這一帶曾經有個豚頭族不良幫派的分舵。那群人自稱『黑皮草』。」

「啊，你不用說下去了。我大概猜得到結局。」

威廉想也知道一定是那什麼亂七八糟的組織找了小朋友麻煩，然後妮戈蘭便跑去砸場，而她當時浴血狂笑或胡搞的模樣被人看見了吧。

不值得大驚小怪。很容易想像。妮戈蘭就是會幹那種事。

然而，說來說去妮戈蘭仍是威廉的恩人之一，也是他少數的知己之一，現在更是同一個職場的夥伴。威廉想幫忙打個圓場。

「哎，妮戈蘭並不會不分青紅皂白就出手傷人啦。

她那種言行舉止就是容易招人誤解……其實也不算誤解……反正恐怖歸恐怖，別看她那樣，平常可是滿貼心的好女人。只要不計較她脾氣火爆，二話不說就開扁，情緒沸點低，動不動就想吃人的毛病，也就沒什麼啦。」

基本上，當那傢伙笑著說：「讓我吃你好嗎？」有九成都純屬玩笑。那叫黑色幽默。照理說她並不是真的想吃才那樣講的。所以根本沒必要害怕。

至於剩下那一成，威廉不願多想。

「你很猛耶。」

他被獸人族青年用莫名尊敬的眼光看待。

「請讓我叫你一聲勇者。」

對方甚至這樣要求，威廉只好低頭表示：「萬萬不敢當。」

†

所謂的最強士兵或最強兵器，其實是女孩子。

這種情節自古以來算滿常見的。

哎，理所當然。早在大老遠以前，女人就是用來提升男人士氣的最簡便手段。

男人愛面子的天性，還真不能小覷。在戰場那種什麼東西都成了狗屁的地方，哪怕一再歷經生死關頭，對於勝利、榮譽、尊嚴皆可拋的士兵來說，唯有「那條信念」會保留到最後一刻。

他們都不願在女人面前出醜。

僅此一念，就能讓原本只能等死的小卒獲得最強動力。

優秀軍隊十分明白其功效。因此他們會在全是臭男人的戰場上，適度混進幾名女性。讓女性待在補給部隊或後方醫護班倒也無妨，不過她們離前線越近，效果應該越顯著。比如靠傑出劍技在戰場上衝鋒陷陣的少女騎士、獲聖劍遴選而驍猛絕倫的少女勇者、瘦弱身軀中刻有強大祕術的悲劇性少女咒蹟師（Thaumaturgist）都不脫此限。

光是聽說某處的戰場有「她們」在，就能鼓舞頭腦簡單的臭男人。

缺乏現實感的設定不免令人質疑是從哪裡編造出的故事，不過在現實感早就消失的戰場上，只會被當成正恰當的佐料。

威廉就認識一個被人用那種方式拱成英雄的少女。

那女孩很強。然而，她卻被周圍的男人們吹捧得超出了實際的強度。

當事人樂在其中，應該算值得慶幸的一點。她撿到戰場上發放的快報，還能滿不在乎地笑看自己在不知不覺間增加的功績。

『不用想得太難。和我字面上說的意思一樣。我們幾個，就是你所問的兵器。』

不過，看來目前在這裡笑臉迎人的那些少女們與那性質不同。倘若是創造來提昇士氣的英雄，知名度當然要高一點才行。軍方非得找更受歡迎的種族，而非無徵種。

另外──說句不正經的，她們應該也需要有相當年齡，才能概括承受那些大男人的愛意。讓在這裡的孩子扮演那樣的角色，未免太年輕了點。

所以，事情不對勁。

威廉覺得他所知的少女兵器，似乎和這次這些少女的情況有所出入。

哎，話雖如此──

無論在這裡的兵器是什麼，無論少女們的真面目為何，都不是他該在意的事。那並沒有包含在這次工作的範疇內。

因為威廉是個不具任何責任的管理員。

因為以他的立場來說，工作期間內只需要待在這裡，不添麻煩就行了。

……以上這些自我說服的內容，差不多在威廉心裡轉了三天。

連他都覺得自己算非常努力在忍耐了。然而，三天就是他的極限。

孩子們會恐懼；而且造成的恐懼的元凶不是別人，就是他自己，這兩件事湊到一起，使得他再也忍不下去。

「咦？啊，好的，可以是可以……」

「謝啦，幫了大忙。」

威廉向當天負責做飯的人拜託，借了廚房的一角來用。

雞蛋、砂糖、牛乳及奶油。莓果少許。用來熬煮明膠的雞骨。威廉在料理檯上湊齊會用到的材料以後，再度在腦中翻閱「受小朋友歡迎的簡單甜點食譜」做確認。料理開始。他圍上自己的圍裙，在晶石烹飪爐上點火。

成群的小探子都在好奇「他到底打算做什麼？」全躲在死角窺探廚房的動靜。照這座宿舍的規矩，除了當天負責做飯的人以外，閒雜人等嚴禁進廚房。因此他們只能遠遠地偷看，沒辦法有進一步動作。

感覺有視線扎在脖子上的威廉仍繼續下廚。

這幾天他得出一個結論：這些女孩的味覺似乎和他相差不遠。

當然，他們的喜好還是會因為性別和年齡差距而有異。不過，那並不是什麼大問題。味覺在種族乃至生理方面不同所產生的歧異，才是更大的悲劇。

以前威廉曾和綠鬼族朋友（說穿了就是葛力克）一起去用餐。當時的情況實在很慘。威廉說好吃的東西統統被葛力克形容成滋味可比地獄走一遭，而葛力克說好吃的東西則統統被威廉形容成滋味有如惡夢。

假如他們就此死心倒還好，葛力克卻說：「賭一口氣也要找到我們倆吃起來都覺得美味的玩意兒。」後來兩人便度過了慘烈更甚於地獄和惡夢的一天。鬧到最後，那天最大的亮點就是他們邊流淚邊灌白開水還直說：「好喝好喝。」

先不管那些。

既然威廉和那些少女能在同一間餐廳吃同樣的飯，可以想見他們的味覺應該沒有那麼極端的差異。

下廚途中，威廉向做飯的人招了招手，要她幫忙試味道。那個女孩一臉像是在路邊發現異種生物的表情，朝著用湯匙舀起的焦糖瞪了一會兒，然後才下定決心似的閉緊雙眼，把湯匙放進嘴裡。接著她足足沉默了好幾秒，才戰戰兢兢地緩緩張開眼睛說：「……好好吃。」湯匙脫口落地。

在那些探子之間，冒出了好幾道分不出是歡呼或尖叫的無聲吶喊。

結果，威廉成功了。

少女們點了在菜單角落臨時加上的「特別甜點」，會先露出威廉之前看過的那種賭命臉孔，嚐過第一口以後愣住幾秒鐘，然後在下一刻變得眼睛發亮。

只見餐廳裡充滿了一對對燦爛發亮的眼睛。

「好耶。」

這次換成威廉躲在死角一邊確認她們的狀況，一邊微微地握拳叫好。要抓住孩子的胃，果然非砂糖莫屬。

「……你在做什麼啊？」

威廉背後傳來了妮戈蘭傻眼的聲音。

「那份食譜是我師父傳下來的。說來不甘心，不過用在小朋友身上就是獨具威力，怎麼試怎麼靈。畢竟我以前也被他哄過好幾次。」

「呃，我要談的不是那個。即使你多做份外的工作，領的錢也不會變多喔。」

「問題不在那裡啦。」

威廉搔了搔臉頰。

「她們明顯會怕我，再這樣下去也不是辦法嘛。

既然這裡是兵器倉庫，而她們就是兵器，徒增壓力影響到兵器的保存狀態，對管理員來說也不應該啊。該怎麼說呢？我之所以做這些……」

威廉找不到好的說詞。他對自己講的這些話合不合理並沒有信心。不過，威廉還是打算把該交代的說一說。

「我並不是想討她們歡心，只是想把自己的存在對這裡造成的負面影響歸零。這可以算在『不造成任何影響的虛銜管理員』的正常業務範圍裡吧？」

「……你要那麼說，就當成那樣也無妨。」

妮戈蘭完全變成瞇著眼看人。

「反正你自己都說得那麼急，還用愧疚感十足的托詞語氣。你那副模樣活脫脫就是自欺欺人，看了都幫你害臊。即使如此，既然你真的是認真地這麼說，我倒沒有什麼好說的。」

威廉的心思似乎全被看穿了。

「是我不好，麻煩別深究，拜託，求求妳了。」

「不過，在我認識你的時候，還以為你的形象會比這更酷，更消極頹廢一點耶。」

「呃，怎麼說好呢？」

這話讓威廉來說也怪不好意思，不過他自己原本也那麼認為。

威廉原本是打算建立那種形象，以保持不與旁人有所牽扯的過活方式。

因此，其實他目前這樣的傾向並不好。

「我迷失了自己。以後我會注意。」

「唔——那倒沒關係。孩子們開心當然再好不過，何況……」

「何況？」

「身上有砂糖香味的你，感覺好可口。」

「以後我會萬分注意。」

威廉下定決心，以後自己只要進過廚房，就要立刻洗澡把味道沖乾淨。

## 2. 倉庫中的少女們

珂朵莉・諾塔・瑟尼歐里斯是「妖精」。

珂朵莉誕生至今已為第十五年，屬成體妖精兵，同時也是目前妖精倉庫中最年長的個體之一。她被確認有啟動遺跡兵器（Dagr weapon）的適性，姓名後面因而添上了分配到的劍名「瑟尼歐里斯」。

珂朵莉的頭髮是淡藍色，眼睛則是更深一點的藍。她自己並不太喜歡這種顏色。原因有二。典型的妖精髮色在街上易受注目為其一。偏寒色系的色調與亮色系衣服不甚搭調為其二。

「……什麼跟什麼嘛。」

白天的讀書室。珂朵莉一面從窗邊的座位望向外頭，一面這麼嘀咕。

她的視線對著森林中的操場，以及在操場上開心地追著球的年幼妖精與高個子青年。

體格、種族甚至性別明明都不同，青年卻在不知不覺中和她們打成了一片。

先前在餐廳端出來的特別甜點，應該就是契機。據說由他親手製作的那玩意，讓單純的年幼組一舉卸下了對他的心防。等珂朵莉察覺時，她們就已經完全跟他混熟了。

「他究竟是什麼樣的人啊？」

該怎麼形容呢？初次見面時……珂朵莉覺得他這個人充滿了神祕色彩，待人溫柔，還隱約帶著某種不可思議的陰沉面。明明是無徵種卻住在獸人鎮上，而且從頭到尾都和顏悅色地對待一直添麻煩的她。

第二次見面時，他被潘麗寶──年幼組之中的一人推倒了。這麼說來，他們初次見面時，他也被壓在珂朵莉的屁股下。對方總不會有那種癖好吧？腦裡閃過如此想法的珂朵莉連忙搖頭。那不可能。再怎麼說都太離譜了。

還有……對了，他對小孩一直都很溫柔。

那群吵吵鬧鬧吱吱喳喳既煩人又惱人且厚臉皮的年幼組闖進房裡時，他連個眉頭都不皺地陪她們講話，對後來出現的珂朵莉也一視同仁──

……一視同仁？

在自己思緒中發現了問題字眼，珂朵莉停止思索。

莫非在他眼中，她們這些女孩看起來都一樣？

好歹活了十五年發育為成體，自認多少有成熟風範的珂朵莉・諾塔・瑟尼歐里斯，難道會與那些誕生至今頂多只過了十年的未成熟小不點列在同等地位？

不會吧，不可能會那樣。但願如此。

說到底，他——威廉・克梅修二等咒器技官——和珂朵莉相比年紀應當相去不遠。儘管難以捉摸的氣質容易讓人誤會，但他的歲數大概將近二十才是。既然如此，他們頂多差個三四歲。粗估起來並沒有多大差別。珂朵莉沒道理被他當小孩。

或者，難不成是身高的關係？那樣問題就大了。在住在這裡的妖精當中，珂朵莉・諾塔・瑟尼歐里斯可是自負高人一等的。不過，在威廉那樣的高個兒看來，她們八成都一樣矮不隆咚吧。有妮戈蘭的大個子可以就近比較也是要因。

還有——

「——妳在意他嗎？」

「呀啊！」

珂朵莉被人突然從後面抱住，發出了奇怪尖叫聲。

「哦——反應不賴。」

「欸，不……不要嚇我啦！」

「喵哈哈，抱歉抱歉。誰教妳從剛才就一動也不動，讓人看了忍不住——」

「那算什麼理由嘛，真是的。」

珂朵莉把繞到她脖子上的手甩開。

回頭看去，艾瑟雅正帶著一如往常的笑容站在那裡。

艾瑟雅．麥傑．瓦爾卡里斯同樣是個妖精。

從誕生至今已逾十四年，屬成體妖精兵，同樣被確認過有遺跡兵器的適性。姓名後面因而添了「瓦爾卡里斯」的名號。

她有一頭捲翹，色澤有如豐滿稻穗般的頭髮；像朽木一樣的瞳色；貓一般微微上揚的眼形，搭以不怕生的笑容。

「他真受歡迎耶。感覺已經有在這裡待了好幾年的架勢了。

妳知道嗎？現在那些孩子玩的球類遊戲，好像就是他教的喔。因為那可以讓大批人一起玩，連不擅長運動的女生或多或少都摸得到球。」

「哦……這樣啊。」

「妳果然很在意他，對嗎？」

「那還用說。」

珂朵莉不可能不在意。只要是住在這棟妖精宿舍的人，應該都有相同感覺。他這個異物無論待在任何地方，真的都十分醒目。

「新帽子。」

咯登。珂朵莉差點從椅子滾下來。

「妳很寶貝那頂帽子耶——都收在衣櫥裡面，根本不拿出來用嘛。」

「我……我又沒有別的意思！妳想嘛，除了離開島上要變裝時以外，我都用不到那種東西啊，再說在這座島上根本沒必要遮住頭！話說妳幹嘛這樣切換話題！」

「是喔——」

艾瑟雅對她露出賊到極點的笑。

「妳那是什麼臉！」

「沒有沒有，沒事。我只是覺得妳的反應果然很棒。」

「哪有什麼反不反應的，任何人被嚇到都會抱怨吧！」

「唔——話倒不是那麼說的耶。」

意有所指的艾瑟雅搔了搔下巴附近。

就在此時，捲起的紙棍輕輕從她頭上敲下。

「在圖書室要安靜。」

奈芙蓮也一如往常，面無表情地站在那裡。

奈芙蓮．盧可．印薩尼亞當然也是妖精。

誕生至今十三年，她在今年夏天發育為成體，剛被確認有遺跡兵器的適性。

淡灰色頭髮，木炭色眼睛。個子矮得只要混在小不點當中就會認不出來。平時都掛著彷彿用模子印出來的無表情面孔，至少珂朵莉從來沒看過她笑或生氣的表情。

環顧四周，讀書室並無其他妖精的身影。等於房裡所有人都聚到窗邊了。

「對……對不起……」

珂朵莉乖乖地低頭道歉，奈芙蓮則坐到她旁邊空著的位子——

「所以，他到底是個什麼樣的人？」

然後問了這麼一句。珂朵莉洩氣地垂下肩膀。

「妳剛才不是叫我們安靜嗎？」

「我覺得只要不大聲喧嘩就可以。」

「所以還是可以繼續聊嘍……蓮，妳也對她有興趣？」

「倒不是那樣。」

奈芙蓮瞥向窗外，並回答艾瑟雅：

「我覺得他是個不可思議的人。」

啊，果然在奈芙蓮眼裡看來也是那樣。

了解自己並不孤單，珂朵莉變得有些高興。

假如他單純只是個溫柔的人，或單純只是個開朗的人，她大概不會對他這麼在意。

因為他明明那麼親切，卻在某處劃了界線。

因為他的樣子明明那麼開心，卻顯得有股落寞。

他看起來明明如此融入這裡……

卻好像一有空檔，眼睛就會飄向遠處，思緒神馳於某個遙遠的地方。所以珂朵莉的目光才會被他吸引，才會如此在意他。

「……珂朵莉，還剩幾天？」

艾瑟雅模糊地問了一句。

哎，當她被問到時，心裡就非常明白對方指的是什麼了。而且，她每天都看著自己房裡的日曆計算，因此也記得那個非回答不可的數字。

「嗯，十天多一點。」

「唔啊——好像夠又好像不夠。」

「妳們在說什麼？」

「那還用問，當然是要讓珂朵莉成就她的春天啊。」

叩。

珂朵莉一頭撞在桌上。

「珂朵莉，在讀書室要安靜。」

「抱……抱歉……不是啦！艾瑟雅，妳突然亂講什麼！」

「喵哈哈哈，別害羞別害羞。這年頭在迎接思春期以前就沒命的妖精多得是，光能情賓初開就算人生贏家了耶。幸好妳生為雌性體，對不對？」

「我……我又沒有抱著那種想法看他。」

「原來如此……說不定能當成參考，我去找幾本異種聯姻（Heterogamy）譚過來。」

「蓮！妳等一下，不用那樣啦！」

「珂朵莉，在讀書室要安靜。」

「誰害我這麼大聲的！」

窗外，球被高高地拋起，在藍天劃出一大道圓弧。

「……我真的不需要。拜託妳們別鬧了。

我好不容易在各方面都死心了，才不想留下眷戀。」

珂朵莉靜靜說道。

「這樣啊。」

艾瑟雅落寞地笑了笑，沒多說什麼就望向窗外了。

「……嗯。」

奈芙蓮微微點頭，然後同樣什麼也沒說就翻開了手上的書。

†

又過了一週。

威廉難免開始覺得有問題了。

他接下的差事是什麼?是空有名分的兵器管理員。與軍事有關，與政治有關。是充滿鋼鐵、紅鏽、火藥及煙硝的世界。哎，雖然他在聽說自己空有名分時，就覺得職場離戰場應該不會太近，然而以面向來說，他仍漫不經心地認為工作內容會偏向那方面。

掀蓋一看，狀況又是如何?

走廊上「噠噠噠噠噠」地傳來活力充沛的跑步聲。

「威廉——!」

經過助跑的雙腳飛踢結結實實地命中了威廉的背。

「喔嗚呼!」

姿勢漂亮的一腳將體格和體重的差距全踹飛了。趁威廉撲倒在地，短短的手腳又靈巧地擒制他的關節。

「好，抓到了！」

「呀啊啊啊，錯了錯了，不是那樣！要妳們幫忙抓住他並不是那個意思！」

「結果好就一切都好。」

「對呀，沒讓他逃掉就不構成問題了。」

「結果一點也不好！我們是處在有事拜託他的立場耶！」

「有事相求前先展示力量，這是軍略的基本。」

「彼此關係更凶險的人才會用那種手段啦！」

「凶險——凶險——」

「那不是讓妳開開心心地重複的字眼！」

「……啊——」

肩關節被人吱嘎作響地扭到有趣方向的威廉掌握情況了。

是平時那群活潑的小動物……不對，小朋友。

「怎麼了，妳們找我有事嗎？」

「是的是的，沒有錯。」

「我們要讀書，過來這邊！」

「都都都跟妳們說過了，有事拜託時不可以扭別人關節啦。」

就是啊。我全面支持妳的話，麻煩多講她們幾句。威廉心想。

「……意思是要我唸艱深的書給妳們聽嗎？抱歉，我在讀寫方面也不太擅長。」

「咦？你是技官對吧，腦筋很好的不是嗎？」

「對啊，我腦筋超棒的喔。只要是五百年以上的古書，儘管找我唸。」

「啊哈哈，什麼話嘛。」

威廉的衣擺被少女們邊笑邊拉扯。

「書我們自己會讀。只是希望有你陪在旁邊。」

「沒……沒錯。因為那是以前的故事，只有我們幾個讀會怕。」

「我倒不覺得有什麼好怕，是她們說無論如何都要找你。」

「等……等一下，妳怎麼可以撇清！會不會太詐了！」

和往常一樣，儘管少女們嘴裡各說各話，卻還是默契十足地想把威廉拖去某個地方。

「以前的故事？」

「人族的故事！」

人族的故事。

威廉感到微微暈眩。

強烈的既視感。腦海開始擅自回憶。

六十八號懸浮島的倉庫景色變得扭曲，被取代成老舊養育院的景象。

這是他以前過活的地方的景象。

同時，也是他身為那裡最年長的被扶養者，在照顧年幼孩童時所留下的回憶。

『威廉——！』

『爸爸，你又做了什麼嗎？』

『哈哈哈，這是有精神的證明！』

回憶潰堤。以往威廉努力不去回想的懷念嗓音，接二連三地在腦海裡重播。

他忘了重要的事情。自己之前為什麼會一直留在那座髒亂的第二十八號懸浮島？那裡待起來很糟。難以居住。自己懷有無徵種的明顯缺陷，沒有人肯接納。沒有人提供歸宿。那樣才好。

所以威廉才會待在那裡。

他已經沒有歸宿了。即使想回去哪裡，也絕對無法如願。只要待在那座島上，自己隨時都能想起那一點。免得忘記。

然而，這……

這個地方，實在太像那個讓他懷念的場所。

——不對。

威廉告訴自己。這裡並不是他的歸宿。

看清楚自己身上的衣服吧。不相襯的黑色軍服。只為了冒充身分才戴在肩上的浮誇階級章。

他只會在這裡停留幾個月的任期。

所以不要緊。自己並沒有忘記，也沒有背叛那個場所。

威廉似乎有那麼一瞬眼花了。

「威廉？」

被搭話的他回答：

「——呃，沒事。我今天有點睡眠不足。

然後呢，妳們說的人族怎麼了嗎？」

「啊，對呀。聽說從前在地表上有那樣的種族喔！」

少女們拚命用笨拙的話語解釋。

總之，如果照她們以前讀過的繪本所說，過去地表上滿滿都是名為人族的恐怖生物。

據說都是因為那些傢伙的關係，當時的豚頭族被困制於貧瘠地區，古靈族被燒了森林，爬蟲族被趕離取水處，獸人族被剝奪和平，連龍都被他們搶去了財寶。更甚者，人族還力抗為制裁他們而誕生的新星神所下的天譴，並且反將神殺害。

最後，不知從哪裡招來〈十七獸〉的人族自取滅亡了。尤其惡劣的是，他們在滅亡之際還連累了地表上的一切。

「怎麼樣，很恐怖吧？」

哎，被形容成那樣，確實很恐怖。會令人不由得暗想：人族到底是多麼凶殘無情的侵略者？

「——反正那是繪本裡的故事，說不定內容是假的喔。」

「可是，上面寫說是真的耶。」

「每個故事都是那樣講的啊。」

少女們面面相覷。

「既然這樣，故事裡出現的勇者也是假的嘍？」紫髮少女嘀咕。

「咦？那……那就傷腦筋了。」其餘的少女心生動搖。

「哎，或許也有一小部分的事實摻雜在裡面吧。

……為什麼勇者是假的，會讓妳們傷腦筋？」

「要問為什麼……」

少女們又面面相覷，然後回答：

「因為我們也是勇者嘛，對不對？」

是喔。

威廉不懂她們的意思。為什麼少女們害怕人族，卻還要自稱象徵其威脅的「勇者」？

哎，對當時的人類來說，或許勇者確實就像一種兵器。換成現在，既然這些女孩也說自己是兵器，就算對勇者產生某種親切感也不奇怪吧。

關於威廉感受到的不對勁，他決定用這種方式吞回心裡。

「呃，話說……威廉先生。」

少女怯生生地問他。

「你那樣不會痛嗎……？」

威廉這才想起，自己的關節從剛才就一直被她們扭住而動彈不得。

## 3. 妖精倉庫

珂朵莉不太喜歡她。

不過，珂朵莉覺得對方的想法應該不一樣。

畢竟她說過，她把珂朵莉當妹妹看待。

當然，妖精不用靠母親懷胎出生，根本就不會有所謂姊姊或妹妹存在。對方說自己和珂朵莉在同一座懸浮島的同一片森林誕生，而且誕生時間早了五年，坦白講，對方根據那些無關緊要的因素擅自抱持親近感，曾讓珂朵莉困擾。

對方身為遺跡兵器使用者似乎相當傑出，這也是珂朵莉看她不順眼的一點。她會扛著大劍衝上戰場，瀟灑地回來後咧嘴一笑，接著闊步走進餐廳，狼吞虎嚥地吃下當時菜單上還有的奶油蛋糕，然後露出幸福無比的表情說：『吃了這個，就可以實際體認到自己有活著回來。』

每次出擊都會重複的那套舉動，讓珂朵莉覺得對方是在向當時年紀尚小而不曉得戰場的自己炫耀。

『……欸。』

珂朵莉不記得那是什麼時候的事了。

她曾經心血來潮主動找對方講話。

『妳總是戴著那個胸針，可是不適合妳耶。』

『啊哈哈哈哈，妳這孩子真是有話直說。姊姊要哭了喔。』

『誰啊，誰是我姊姊？』

『咦——畢竟要我當妹妹實在太勉強了嘛。』

『我又沒有叫妳把關係對調。』

一如往常地像這樣拌嘴以後，對方忽然微微一笑說：

『以前，我也有個類似姊姊的同伴。這是我向她敲詐弄來的。』

『……妳敲詐弄來的？不是對方送妳的啊？』

『因為這是她的寶貝啊。她總是珍惜地戴在身上。哎，我跟她要過好幾次，她都不肯答應。』

居然用敲詐的方式硬把別人重要的東西弄到手，這是哪門子的黑心行為啊？

對方跟平常一樣，將小妹傻眼到不行的視線一笑置之，然後又說：

『被拒絕久了，我自己也覺得事情變得很有趣。之後我就向她提出了各種挑戰，想把東西贏到手。比訓練課程的成績、比食量，還比過紙牌。可是我完全贏不了。因為贏不過她，我又繼續挑戰，當時真的好開心。』

聽到這裡，珂朵莉已經猜得出故事的結局了。

珂朵莉不曉得這個自封她姊姊的妖精上頭還有哪個姊姊。既然她不認識，就表示她來這裡的時候，對方已經不在了。

或許自己不應該過問胸針的事。珂朵莉這樣的想法，似乎顯露在臉上了。對方拍了拍她的背說：

『哎，最後是我不戰而勝。這故事真不痛快，對不對？

不知道為什麼，她只有那一天沒戴著胸針上戰場。東西就留在她房間桌上。所以嘍，後來這東西就變成我的了。』

對方啊哈哈哈哈哈地笑了出來，珂朵莉聽不出剛才那段故事裡有什麼逗趣成分。

『雖然我自己也覺得不合適，但我就是覺得自己也要一直戴著才可以。想拿也拿不下來啊，這玩意兒。』

再重複一次。珂朵莉不太喜歡她。

然而——事後回想起來——其實她也沒有那麼討厭對方。

因此，在對方沒有從戰場上回來的那一天，珂朵莉去了她的房間。

門沒有上鎖。敞開的房裡一團亂，四處可見脫掉亂扔的內衣褲，或者玩了就沒收拾的紙牌。

在那樣的房間裡，只有桌上是乾乾淨淨的。

一塵不染的光亮桌面中央，有顆銀色胸針落寞地被遺留在那裡。

†

近幾天，有幾個妖精不見人影。

分別是珂朵莉、艾瑟雅和奈芙蓮。在盡是少女的這間妖精倉庫中，相對年長的她們全不知道去了哪裡。

或許有什麼隱情吧，考量過事情嚴重程度，威廉決定不放在心上。

他沒有多想什麼，只打算接受狀況。

那一天從早上就在下雨，地面有些溼滑。

前半場比賽一直被壓制的紅隊終於取回攻擊權以後，事情發生了。隊裡所有成員士氣高昂，還揚言要設法將球灌到白隊主將那裡去。

接著，在球被打得高高飛起以後，颳起了大風。

風把球吹去的方向，有塊濃密的樹叢。

直到最後都在追球的少女個性好強，屬於抬頭看著球就會輕忽腳下的類型。條件齊全至此，只會有一種結果。少女滑了一大跤，一頭栽在樹叢裡面。

「喂！」

那是即使受重傷也不奇怪的嚴重意外。

「痛痛痛痛……失敗失敗。」

因此，當少女口氣輕鬆地笑著站起來的時候，威廉一瞬間放心了。

然而在下一刻，他感到戰慄。少女左腿有深深的撕裂傷，右上臂則被小樹枝貫穿。從出血量來看，沒傷到動脈應該算不幸中的大幸。至少，那並非用一句失敗就能帶過的輕傷。

威廉粗略檢查傷勢。

「兩邊都傷得很深。要立刻包紮。」

「**噢——沒關係啦**。」不以為意的語調。

——威廉懷疑起自己的耳朵。

「不管那個了，我們繼續打球吧！再一下就可以逆轉！」

難道說，傷勢並沒有外表看起來那麼深？威廉的目光不禁落在傷口上——可是，無論再確認幾次，他都可以篤定不會錯，那屬於不趕緊治療就難保不會影響到生命的嚴重傷勢。

「妳……不會痛嗎？」

「會啊。可是，比賽打得正精采嘛！」

那是看似由衷開心的滿面笑容。

少女的額頭上，正微微冒出冷汗。

威廉總算弄清楚狀況了。如當事者所說，她並不是不覺得痛。這個孩子——還有周圍幾個對她的發言並不覺得有什麼不自然的小孩——純粹是沒把受傷當成一回事。

令人發毛。

威廉有種被古怪不明生物包圍著的錯覺。或者，那根本就不是什麼錯覺，只是他之前都沒有發現——

「比賽中止。」

威廉單方面宣布完以後，就把少女捧到了懷裡。

到處都冒出「咦——」的不情願抱怨聲。

「……那麼，垂頭喪氣的怎麼不是傷患本人，而是陪同者呢？」

在平常那套衣服外面披了件白袍的妮戈蘭低聲問道。

包紮結束，手腳被繃帶捆了好幾圈的少女目前氣呼呼地在床上對比賽中止一事不停發牢騷。

坐在椅子上捧著自己腦袋的威廉則保持那樣的姿勢回話：

「我在今天之前都沒有發現。她們不在乎自己的性命，對吧？」

他問了恐怕知道些什麼的妮戈蘭。

「是啊。她們確實有那種傾向。」

「不正常。根本來說，那些孩子到底是什麼？」

「哦。」

妮戈蘭不知道出於何種用意，輕輕哼了一聲。

「你真的想知道那些？」

她反問。

威廉抬起頭。

「雖說只是虛銜，你仍是這裡的管理員。你若是要求提供資訊，基於立場，我無法拒絕呢。」

彷彿在尋他開心，卻又認真無比的曖昧口氣。

「坦白講，我不太想告訴你。聽完以後，你對那些孩子的態度就會改變。以往那樣的關係，我想是無法維持下去了。

你這幾天的好好青年面孔，一開始讓我覺得有點噁心，不過說來說去，我還是滿感謝你的。

可以的話，我希望照之前那樣多維持一陣子。」

「……麻煩妳告訴我。」

「是嗎。沒辦法嘍。」

妮戈蘭聳肩說：

「那些孩子嚴格來說『並沒有活著』。

因為並沒有活著，那些孩子的身體就不會畏懼死亡。儘管內心不盡然如此，她們在年幼階段還是容易受身體的感覺影響而變得滿不在乎。」

「……抱歉。我完全聽不懂妳在說什麼。」

並沒有活著？那是什麼玩笑？

那些孩子每天明明都活得那麼堅強，耀眼且聒噪。

「哎，我想也是。我一開始也不願意相信這套道理。」

輕聲低喃，妮戈蘭走出房間，對威廉招手。

「跟我來。我讓你看些精彩的玩意兒。」

威廉緩緩起身，跟在她後面離開房間。

「你對人族應當頗為熟悉吧？」

妮戈蘭一邊走在廊上，一邊朝威廉問。

「……和常人差不多。」

「這話亂謙虛的呢。」

妮戈蘭笑道：

「距今五百多年前，幾乎完全支配著地表的傳說種族。

他們絕不能算是天賦異稟。」

據聞。

他們並沒有巨人(Gigant)族那樣過人的體格。

他們並沒有古靈族那樣精湛的魔力。

他們並沒有土龍族那樣洗練的工匠技術。

他們也沒有豚頭族那樣爆發性的繁殖能力。

當然，他們更沒有龍那樣過人的綜合能力。

無論哪種能力都不出色，整體而言就是弱小的存在。即使如此，人族幾乎與其他所有的種族為敵，卻仍能長期稱霸於地表。

「……嗯。人類似乎就是那樣的種族。」

「再補充一項。按照我的族人相傳的說法，他們似乎只有味道比其他種族都美味喔。」

那種傳承還是斷了吧，威廉心想。

「構成其強悍的核心要素之一，是現今以『遺跡兵器』之名流傳下來的一整套技術體系，還有身為其技術結晶的兵器群。」

「……我聽說過。之前阿那拉有提到。

記得他說，只要找到一把還能用的遺跡兵器，單次打撈的收穫就足以大賺一筆……」

「是啊。商會收購那些的金額就是那麼高。最低也有二十萬帛玳。價格最高記得是到八百萬左右吧？」

八百萬。

可以把威廉那絕不算少的欠債尾款還清五十次也還有找的金額。

「商會用那種方式收集到的遺跡兵器呢——」

妮戈蘭在一扇門前面停了下來。

大而堅固的門。

整扇門是用厚實金屬打造，門板周圍上了鉚釘，門鎖加起來有五道，相當於門把的部分有著顯得相當沉重的握把。

在整體充滿生活感的這座「倉庫」裡，只有這扇門格外強調出這裡是軍方設施。

「都在這裡面。」

妮戈蘭手法熟練地開鎖，然後推開門。

轟隆——

撼動下腹部的低沉聲響。

混有黴菌與塵埃的潮溼臭味撫弄著鼻子。

簡直像墳墓一樣，威廉心想。

有幾千年前的王室祭祀在這裡，還有滿滿的財寶當陪葬品，可是卻有愚蠢之徒想盜掘而招致詛咒的那種墳墓。雖然威廉沒有親眼見過實物，同種類的笑話倒聽過很多。哎，不曉得目前地表上還沒有保留那種玩意兒就是了。

房裡沒有燈。可以知道昏暗的另一頭有東西，卻無法窺見那是什麼。

「戒備滿森嚴的嘛。」

威廉隨口嘀咕以後，旁邊傳來「因為是收集危險物品的地方啊」的回話聲。

「打造方式、修理方式、使用方式都已失傳的古代超兵器群。

古時候，沒有像樣力量的軟弱種族為了對抗強大的龍與星神等威脅，才造出了這些。

對抗意識及挑戰之力的象徵。

雖屬於個人用的武器，卻擁有難保不會將戰局翻盤的影響力。要對付戰力懸殊的敵人，它在這個世界的漫長歷史中仍算得上頂級可靠的王牌——」

威廉的眼睛逐漸適應昏暗了。

倉庫裡的東西開始變得隱約可見。

「——哈哈。」

他低聲笑了出來。

有幾十把看似劍的玩意被豎放在倉庫牆腳。

至少光從外觀來看，那些都是劍。

和一般用於儀禮、肉搏戰的長劍相比，尺寸明顯更大把的占了多數。儘管其長度各異，大多還是跟人的身高差不多，或者略短一點。劍柄也設計得很長，顯然要用雙手來揮舞。

異樣的是劍身的結構。

只要隨便找一把靠近觀察，就會看出劍身表面有類似裂痕的紋路。如果看得更仔細，還可以發現裂痕兩側的劍身顏色有微妙差異。

換句話說，那並非裂痕，而是接縫。

劍這種東西，平常都是用一整塊的金屬歷經錘鍊及削磨打造出來的。然而，這種劍不同。它是用拳頭大小的鋼片互相銜接，像拼圖一樣湊出劍的形狀。

「聖劍啊……」

「以前你們好像都那樣稱呼。」

妮戈蘭聳肩。

威廉重新環顧房間，胸口絞痛起來。

他對好幾把劍有印象。

屬於量產型聖劍的帕希瓦爾系列自然不在話下，威廉剛成為準勇者還沒有專用劍時，就受了它們好幾次的照顧。儘管帕希瓦爾系列沒有附加獨特的異稟，其基礎效能之高與擴增性，再加上標準化的規格讓它在戰場上也能進行應急維修，使用起來相當方便。屬於進階型的汀德藍系列，威廉覺得用來不太順手，然而似乎是穩定性提昇的關係，在其他準勇者之間仍獲得好評。

更裡面那把劍，名叫荒涼之境（Locus Solus）。威廉不記得劍的主人叫什麼名字了，不過那是和他聯手對付南方紫龍的魁梧準勇者用的愛劍。它能發揮活化膂力的異稟，但因為療癒功能壞了的關係，揮完劍的隔天肌肉會痠痛得要命——印象中威廉有聽過對方這樣發牢騷。

再過去則是黃金蜜酒（Mulsum Aurea）。是在眩都里斯提攻防戰時，前來救援的準勇者帶著的劍。威廉並沒有看過它發揮異稟的模樣，但據說它能實現條件有限的不死之身或什麼來著。

「……哈哈。」

威廉覺得這真是場淒慘的同學會。

啪的一聲，他當場跌坐在地，連軍服會弄髒也不管。

威廉稍稍催發魔力，賦予雙眼咒脈視之力。腦子裡有一角疼得厲害，但是他顧不得那麼多。

唉，果然沒錯，每把劍都破爛不堪了。咒力線有的脫落，有的斷成好幾截，有的凌亂無序，總之全都慘得不像話。

你們落得這副模樣，也還在奮鬥嗎？

「——我想問妳一件事。」

「什麼事呢？」

「聖劍是人族為人族創造出來的人造奇蹟。只有同族，而且要具備勇者資格的人才能使用。現在它們應該只是毫無力量的老古董才對。

既然如此，為什麼要收集這些？

是用了什麼方式，讓這些玩意兒上場作戰的？」

「我想，你已經察覺了吧？」

『因為我們也是勇者嘛，對不對？』

威廉無視於腦海裡響起的聲音，又說：

「請妳告訴我。」

「——詭辯和牽強附會都是咒術的基礎喔。

既然沒有人族，準備替代品就好了。

那些孩子是黃金妖精族（Leprechaun）。是唯一可以使用和人類相同的道具，並代替人類完成工作的種族——

對於你剛才所問的問題：那些孩子到底是什麼？這就是我所做出的答覆。」

「……是嗎？」

果然是這樣嗎？

威廉起身，拍掉屁股的灰塵，然後環顧排在一塊兒的聖劍——

「那幾個女孩，就是你們現在的搭檔嗎？」

彷彿落寞，彷彿自豪，彷彿難過。

他抱著微妙的心情低聲問道。

†

我是什麼？威廉如此思索。

他想到了幾個字眼。

過去志在成為正規勇者的人。

過去以準勇者身分和聖劍並肩作戰的人。

還有，奮戰到最後失去了資格，如今活得像副空殼的人。

要當上正規勇者，得有相符的背景。

把背景換成「說服力」也可以。

比如繼承了神的血脈，比如身為過去勇者的末裔，比如生在預言之星飛逝的夜晚，比如故鄉被龍所毀，比如習有一脈單傳的獨門劍技，比如體內封有強大的惡魔。

那些真正的勇者，每個人都有那樣的背景。只有具備「這傢伙就算強得不像人也可以理解」的背景，才會獲得著實不像人的強悍。

因此，威廉沒能當上正規勇者。

他再怎麼巴望，也無法企及其資格。

親生父母是平凡的棉花商。成長環境是養育院。馬馬虎虎幸也不幸的半輩子。憑這種半吊子的背景，只能得到半吊子的力量也是合情合理。這一點由不得威廉。他無可奈何。

至少，要是有可以輕鬆學通的獨門劍術流派在養育院附近開道場就好了，然而世上的事並沒有那麼湊巧。

『你沒天分。』

當時，師父曾向威廉這樣斷言。

『勇者這種救世體制，基本上是菁英分子專用的。

傳奇性英雄還有帶著半神半人的血脈生下來的那種人，為了要排除比他們更高一階的神或者其他威脅，才創造了勇者的體制。那跟我們這種學習戰鬥技術，志在爭取小範圍勝利的人的次元不同。要有能一肩扛起世界的破格宿業才能發揮其效果。』

他搖搖頭又說：

『關於勇者用的奧義，道理亦同。正常人根本連用都用不了，就算硬要發招也沒辦法承受反作用力……到頭來就是立刻搞壞身體，變得連應戰都成問題。

還有，令人難過的事情在於你算正常人，威廉。』

短暫的沉默。

師父「呼」地吐了一大口氣。

『別擺出那種臉。我也不樂意講這些像在宣告死刑的話。這是我非得先告訴你的事實，也是你非得先理解的現實。如此而已。』

當時，威廉抗拒了師父說的這些話。

他一直拒絕認命。

現在回想起來，或許那都是孩子氣的反抗。不過威廉當時是認真的。他選擇了認真違抗師父到最後的路。

威廉回想起讚光教會認定第二十代正規勇者的事。

其經歷優秀得令人讚嘆。

他具備初代正規勇者的血統，生來就是某個騎士國的繼承者。在他九歲那年的秋天，昏古靈族(Gloom Elf)率軍襲擊該騎士國。他重要的事物——父母、朋友、故鄉全被燒成了灰燼。亡國之際，那傢伙被忠臣單獨從燒燬的城堡救出，然後投靠隱居在遙遠邊境的退伍老將軍，繼承了許許多多失傳的祕藏劍技。

威廉第一次聽到這段經歷時，冒出的感想只有：喔，這樣啊。

原來如此，只有這種一聽就覺得是獲上天遴選的傢伙才能當上正規勇者——威廉用了格外冷漠的心態來看待。

世上只有五把的極位古聖劍之一「瑟尼歐里斯」——以往第十八代正規勇者愛用之劍被決定傳給那傢伙時，威廉更是無心道賀也無心嫉妒。

一切都是其他世界的事，越比只會讓自己覺得越慘，他抱著如此的想法將思緒切割。

過了許久以後，威廉才發現。

那傢伙有可以奮鬥的理由，也有挺身而戰的理由，更有非戰鬥不可的理由。因此，連那傢伙在內，誰都沒有發現某件事。大家都以為那是天經地義，連想都沒有想像過。

那傢伙，第二十代正規勇者——

生來便擁有斬除萬般惡鬼的力量，內心藏著父母與故鄉被奪的悲傷，身上繼承了誕生於遙遠往昔的神祕宿業，手持連星神都能觸及的光輝聖刃，那樣的他——

根本就沒有想要戰鬥的意願，一次也沒有。

因為一切事情的發展都要他非那樣不可，他才投身於復仇之戰。因為旁人都對他那樣期待，他才挑戰龍與神。那傢伙只是個受到自身能力和周遭要求控制的，無意志的傀儡。

威廉在發現那件事的瞬間，就變得對他極為反感了。

威廉覺得自己絕對無法原諒這傢伙。

而且，實際上就算到了現在……威廉心裡也還留有一絲那樣的想法。

†

太陽即將西沉。

天上飄起了細雨。

「早知道就帶傘出來了……」

威廉嘴上嘀咕歸嘀咕，話雖如此，他既沒有打算躲雨，也沒有打算回房間。

六十八號懸浮島，港灣區。

飛空艇起降所需的設備一應俱全，堪稱懸浮島門戶的場所。

威廉站在那裡的邊緣，任由飄落的雨珠打在身上。

眼底下，可以看見好幾塊像是棉花撕碎後飄到天上的雲朵。還可以看見雲層底下的遠處，有以往曾經是大地的整片世界。樹木的綠，河海的藍，甚至沙岩的黃都已不存在。只剩詭異混濁的灰色沙土蓋滿一切的景象。

威廉就是想看這樣的光景，才會來這裡。他想確認自己失去的東西，還有無法挽回的東西。

然而，連那片灰濛似乎都追隨著西沉的太陽，正準備融入夜晚的黑暗當中。

——有幾件事情是威廉可以理解的。

比方說，關於魔力的使用方式。

魔力和熱能類似。

將名為「魔」的火招進自己的心臟內側，催燃到旺盛，再把那股力量取到外頭運用。不過這種熱度會對施術者的身體造成負擔。即使想取得某種程度以上的熱能，施術者本身的生命力也會加以抑制。這一點便直接決定了每個種族所能動用的魔力上限。

因此，假如有身體對存活並不執著的扭曲生命，應該就能使出其他種族無法仿效的龐大力量。

恐怕無從駕馭的那股力量將瞬間失控，引發大爆炸。那會把使用者和敵人炸飛，屆時戰場上便只剩巨大窟窿，還有留在中心點的一柄聖劍。

「──以兵器來說，確實優秀──」

根本是用過即丟的炸彈。

或許那並不算效率良好的使用方式，不過，能那樣運用的選項本身就具備了相當大的價值和意義。

可以理解的還有一件事。

那就是威廉聽完說明，冒出了「啊，這些女孩應該很強」的想法。

專為戰鬥的種族。將所有命運都消費在求勝之上的性命。

沒話說的說服力。既然背負著如此的宿業，那便無從挑剔了。

因此，如果是她們，就夠格當正規勇者的後繼者。

威廉自己當不上的玩意兒，由她們來當就行了吧。

太棒了。值得慶賀。她們也希望那樣吧。那他自己也該高興才對。要祝福她們才對。

呀呼，妳們真厲害！

剩下的事情全交給妳們了，加油吧！

「——好想死。」

威廉當然明白。這種話連稱作牢騷都不配。

這只是讓膨脹得無以復加的醜陋乖戾性情在內心裡空轉罷了。

因為他在這種地方獨處才會胡思亂想。還不如把心情都發洩到身為當事者的那些少女

——不對，發洩到那些妖精身上，或許還比較爽快乾脆。

可是，威廉不可能做得到那種事。勇者們在覺悟下的戰鬥，不應該被無關的局外人潑冷水。

「——嗯？」

有光撥開威廉頭上的雲層照了過來。

飛空艇正在靠近。

由於強烈逆光的關係，看不清楚來船的形影。然而，至少可以曉得那不是巡迴飛空艇或擺渡船隻。

小雖小，不過那恐怕是軍用的運輸艇。

沉重的金屬聲響。飛空艇靠岸至港灣區了。

衝擊吸收板發出微微哀號。三對錨臂由後到前依序固定。兩對迴旋翼停下動作。轟隆作響的咒燃爐運作聲逐漸變小。

艙口藉著空氣壓力打開了。

船裡冒出兩道身影。

「妳們——」

人影當中，有兩個是威廉認識的少女……妖精。

珂朵莉和艾瑟雅。

她們倆都穿著陌生服裝。是女兵用的軍便服。

樣子不對勁。艾瑟雅表情嚴肅，還攙扶著疲憊的珂朵莉走路。

「……哎呀。威廉二等咒器技官，晚安。」

只有語氣和平時一樣的艾瑟雅朝威廉看了過來。

「竟然在這奇怪的地方遇到。你正在雨中散步嗎？」

大致上沒錯。從對方的立場來想，與其說那是玩笑話，大概是為了蒙混帶過自己的狀況，才刻意顧左右而言他吧。

然而，無論艾瑟雅說什麼，威廉現在總不能傻傻地讓她蒙混過去。

「妳們這究竟是什麼狀況？」

「哎，我們也跟你差不多。只是稍微離開島上散個步……可不可以請你當作是這麼回事呢？」

「怎麼可能。這表示妳們——」

威廉語塞了。

該不該追問下去？他在猶豫。不過——

「妳們剛和〈十七獸〉戰鬥完回來？」

「啊哈哈，原來你已有所聞啊。還真不好意思。」

珂朵莉沒有反應。她傷得那麼重嗎？如此擔心的威廉打算迎向前。

「啊——不用勞煩了。這裡沒有技官能幫忙的事。如果想幫忙什麼，那邊就麻煩你了。」

艾瑟雅瞥向後面示意。

後頭有座山。

山的全身籠罩著乳白色鱗片，還穿了軍服。那座山壓低身子，動作看似彆扭，緩緩地正準備下船。

位於山頂附近的眼睛猛然一睜，直瞪向威廉。

——對方是以前見過一次面的那個爬蟲族人。

「從那制服來看，你就是威廉？」

宛如蛇在進行威嚇的嗓音瑟瑟作響。

爬蟲族的喉嚨構造與其他種族大不相同。因此，即使講的同樣是群島公用語，發音仍有獨特之處。

「……對。你是？」

對方無視威廉的問題。

「幫忙搬。」

話一說完，將兩把細長的東西輕輕拋了過來。

由於對方的動作太過自然，威廉沒深思便反射性地伸了手。但是和爬蟲族體格比起來不算大的那兩把東西，對人類的體格來說就太大了。對爬蟲族怪力來說不算什麼的那兩把東西，對常人的力氣來說就太重了。

威廉沒接好，讓東西掉到了地上。刺耳的金屬聲傳來。

「這是……」

那是被白布緊緊裹著的兩柄大劍。

「那是她們倆用的武器，帶回保管庫收好。」

爬蟲族人說完，就回到飛空艇了。

「唔……喂！」

「我和你沒話好說。非戰士者別介入戰士的立身之地。」

巨岩般的背影被船艙納入以後，艙門關上了。

「啊——請你別在意。他就是那種人……應該說他就是那種蜥蜴。」

艾瑟雅輕鬆說道。

「除了別在意以外，要是能請你順便搬那些劍就太好了。如你所見，我光是扶珂朵莉就騰不出手了。」
「……她受傷了嗎？」
「沒有啦，只是稍微拚過頭，身體調適不過來。哎，帶她到醫務室躺一躺，之後就會醒了。」
「這樣啊。」
威廉捧起掉在腳邊的其中一柄劍。
即使隔著厚厚布料也摸得出來的，有些懷念的觸感。就算光源不足，威廉也不會錯認其外形。
「是……瑟尼歐里斯嗎……？」
「哎呀，虧你曉得。」
威廉當然曉得。只要是活在那個時代的準勇者，哪有人沒聽過其名號。
右揮斬龍，左揮斷神。在眾多聖劍中屬於完工時期最早的成品之一。赤銅龍剋星、摧神韻、白鞘祕刃，大大小小的別號隨手一列都有可能集結成冊，是歷史與實績兼備的聖劍中之聖劍。
它是第十八代與第二十代正規勇者的搭檔，也是其英雄性的象徵。

「妳用這把劍？」

「沒，那是珂朵莉用的。適合我的是另一把。」

威廉在艾瑟雅提醒下撿起第二柄劍。

「瓦爾卡里斯。」

「對呀。怎麼？感覺你在不知不覺中對這些武器變得好熟耶，難道你讀過我們那裡的裝備品名單嗎？」

「沒那回事。」

威廉搖頭。

「碰巧有很多我熟悉的劍罷了。」

「是喔，雖然我聽不太懂這種謙虛的方式。」

艾瑟雅偏頭。

「妳的行李也給我。」

「啥？呃，等一下。」

威廉一把搶走疲軟的珂朵莉，然後揹到背上。

在他們背後，飛空艇發出嘈雜的金屬聲響，從港灣區起飛了。

「……沒想到你挺有力氣的耶。」

沒了行李的艾瑟雅晃著空空的雙手咕噥。

「我現在的工作，就是扶持妳們。」

「喔，亂帥氣的台詞。」

威廉率先往前走。艾瑟雅晚半步跟在他旁邊。

「然後呢？對於我們的事情，你了解到什麼地步了？」

「……我什麼都不懂。頂多只知道妳們是妖精，為了保衛懸浮島還使用聖劍……不對，還帶遺跡兵器上場作戰。就這樣。」

「啊——滿切中核心的喔。」

悠哉的語氣。艾瑟雅抬頭向天。

「你沒嚇到嗎？我們的命是用完就丟的耶。還會使用恐怖的人族留下來的遺產喔。由我自己說也很怪，但我覺得讓人反胃的設定差不多都湊齊了耶。」

「別講什麼設定。」

是啊，沒有錯。完全就像艾瑟雅說的那樣。

一言以蔽之，勇者需要的就是那些設定。越悲傷越好。越悽慘越好。宿業和運命這種玩意，會隨著那類設定的累積而強化。而且，那種資質將直接回饋成操控人族遺產的力量。不論當事人希望與否。

「──以前，我認識某個狀況跟妳們很像的傢伙。」

「喔。要談往事啊？你正在追求我嗎？」

「沒有長到可以多談的地步。

我欠了那傢伙幾個大人情。所以聽完妳們的事以後，總覺得沒辦法不管。如此而已。」

「哇，真的好短。」

「我不就那樣聲明過了。」

話是沒錯啦──艾瑟雅掃興似的踢了腳邊的石頭。

「感覺像這種時候，應該要發展成你把心裡的話全部講出來，然後培育出愛情之類的不是嗎？好不容易有機會在人煙稀少的地方獨處嘛。」

「妳是不是忘了我背後還揹著一個人？」

「哎，珂朵莉負責演在我們恩愛到一半時醒來見證一切的角色啊。接下來嫉妒和愛憎交加的三角關係就要開始了。」

「妳最近都喜歡看些什麼書？」

「《破局的三角》。」

威廉聽過那個書名。以架空懸浮島為舞台的虛構故事。記得沒錯的話，那是超過半數的登場人物都打著追求真愛的名義，反覆偷情和外遇的故事。

這下威廉明白了，他曾經感到納悶：光一群小女生（外加妮戈蘭）在森林裡過著與世隔絕的生活，要怎麼了解社會上的常識？原來她們就是靠那樣獲得外界（多少有些偏頗）的資訊嗎？

「我特別喜歡第三集。堪稱超級名作。」

「之後要沒收。那不是寫給小鬼頭讀的書。」

「太蠻不講理了啦！你說誰是小鬼啊！話說你聽書名就知道內容了嗎！」

在略有頹廢傾向的二十八號島，可以接觸到從其他島嶼流傳進來的各種娛樂。零工一換再換的威廉三不五時便會耳聞那些小道消息。狀況就這麼回事。

反正，威廉決定對艾瑟雅的抗議和質疑一概不加理會。

「別大呼小叫的，會吵醒這傢伙。」

他輕輕地晃了晃背後，「唔——」的微微呻吟聲傳來。

# 4. 勇猛之人與後繼者們

我是什麼？威廉如此思索。

他已經不是勇者了，既沒有理由為了保護這個變得十分狹小的世界而戰，更沒有挺身戰鬥的力量。

因此，在這裡的只是個空有名分的兵器管理員。

不必做什麼，光待著就夠了的掛名負責人。

隨時都可以消失，也不會對任何人留下傷害，如此透明的亡靈。

——十分鐘後，醫務室。

「你為什麼會在這裡？」

那就是珂朵莉恢復意識後的第一句話。

「病患旁邊有人陪著不對嗎？」

「誰呀？你說誰是病患？」

臉紅的她只有聲音有活力，噘著一張嘴。

「當然就是妳。

妳曉得嗎？妳們效法的那群以前的勇者，在任務中罹患特定傷病時都會確實接受治療。傷病名單上排第一的叫急性魔力中毒，也就是妳現在罹患的症狀。」

「……有時候，你講的玩笑話會讓人聽不太懂耶。」

珂朵莉把臉別了過去。

威廉並沒有開玩笑，然而，這些話就算不被相信也無妨。

「好了，把臉轉過來。這樣我沒辦法幫妳換額頭上的毛巾吧？」

「不需要。」

「需不需要不是由病患來決定的。來。」

「不要緊啦，這點小毛病。反正平常都這樣，休息一下立刻就會好。」

「別說傻話了。」

威廉輕拍她的額頭。

「魔力中毒要是沒有每次都確實去除，就會變成痼疾。像妳那樣處理得隨隨便便，身體馬上會超出負荷極限。」

「什麼嘛——口氣講得跟專家一樣。」

「是專家沒錯。因為我是咒器技官啊。」

「哼。」

眼裡透露出「這傢伙在講什麼嘛」的珂朵莉又把臉轉過去了。

追根究柢，咒器技官原本就像字面所述的一樣，普遍是負責鍛造，調整咒性器材以支援戰場的職務。級職若達到二等，權責便可比高階武官。當然，想靠正當途徑晉昇到那樣的地位，高等教育、訓練及經驗缺一不可。

然而，威廉自然沒有以軍人身分累積過那些資歷。他報上的只是虛銜，並沒有相符的實際能力——這些在妖精之間都是眾所皆知的事實。

「畢竟，我是管理員。好歹該讓我擔心。」

「不必了……管理員又怎麼樣，我才不用你擔心。」

珂朵莉不肯把臉轉過來。看不見她的表情。

總之她露出來的耳朵是紅的，因此燒大概還沒有退就是了。

「基本上，超不超出極限早就無所謂了。反正我所剩的時間不多。」
「時間？妳在說什麼？」
珂朵莉沒回答威廉的疑問。
「欸，我想問你一件事。」
她用問題來答覆。
「怎樣？」
「假如……我是說假如喔。
萬一我再過五天就會死，你能不能對我溫柔一點？」
……沉默。
「啥？」
威廉摸不透她話裡的用意，忍不住又反問回去。
「當作假設就好了，回答我。比如說，你會不會聽我許最後的願望？」
「等等。五天那個數字是怎麼來的？要是狀況不弄清楚點，我也答不上來。」
「從今天算起，五天以後，大型的〈第六獸(Timere)〉會襲擊十五號懸浮島。」
又一陣沉默。

「〈十七獸〉全都不會飛。因此，在牠們毀滅大地以後，懸浮大陸群還能像這樣浮在天空。

可是，只有〈深潛的第六獸〉在本身留在大地的同時，還能對懸浮大陸群發動攻擊。牠有兩種能力，『分裂增生』和『快速茁壯』。

留在地表的本體會讓身體分裂出幾萬個碎塊，然後隨風飛揚，等待碰巧飄流到某座懸浮島。抵達島上以後，它會當場發育茁壯，大約六到八小時過後就能占據並毀滅整座島。」

沉默。

「當然，懸浮大陸群也有對策。干涉力大如〈獸〉的存在抵達懸浮島以前，肯定會先被戰術預測捕捉到。

碎塊越強大，越能提早預知。

要擬定對策或預做準備，當然也是可行的。我們的懸浮大陸群就是靠這種方式，一次又一次地擊退來襲的〈第六獸〉。幾百年以來始終如此。」

沉默。

「差不多半年前，預測到有特大號的碎塊會抵達。

對方的規模也判別得相當精確。憑當地可配備的普通戰力，再怎麼做都不可能相抗衡。

不過，若換成帶著遺跡兵器的妖精——」

「就可以用性命當代價擊敗對方，對嗎？」

「——沒錯。

由我搭配瑟尼歐里斯展開自爆特攻，似乎剛好可以打倒那種程度的對手。」

運氣不錯呢。珂朵莉一邊這麼說，一邊在床上聳肩。

如果犧牲可以控制在一個人就夠了，自然再好不過。戰力只要有一點不足之處，就得再失去第二個妖精才行。那恐怕——就會選上艾瑟雅或奈芙蓮其中之一。

「當然，我只是假設罷了。」

珂朵莉緩緩地將臉轉到威廉這邊。

使壞似的笑容。但是，她的眼裡沒有笑意。

「如何？假如事情變成那樣，你願不願意聽我許最後的願望呢？」

「——看內容而定。」

「呃，這個嘛，我想想看，比方說……」

珂朵莉吞吞吐吐地說：

「……假如，我要你吻我呢？」

她也來這套？

威廉原本覺得這時候或許要猶豫或害臊一下才合乎人情。但是他提不起那種勁，呻吟著問：

「妳提到自己只剩五天性命，就是想耍那樣的任性？」

「不……不可以嗎？」

威廉用右手的拇指和中指比出圓圈，然後在中指蓄力。他把手靠近珂朵莉的額頭——出指一彈。

「好痛！」

「小孩子別裝成熟。妳們就是光讀戀愛小說才會這樣。」

「才……才沒有，其他書我也讀得很多啊！」

珂朵莉似乎不否認自己有讀戀愛小說這件事。

大概是因為發燒，或者慌亂得露出本性的關係，她講的話變得有些奇怪。而且，當事人好像並沒有自覺。

「話……話說回來，我想留下回憶又有什麼不對？」

珂朵莉大概是出於下意識的吧。她把威廉不知道什麼時候看過的銀色胸針緊緊地握在胸前。

「因為我就快要不在了，至少，我也希望自己不用消失，也想讓別人記住。我也想留下羈絆啊。」

淚水盈上了她的眼角。

「我那樣的想法有什麼不對，你說啊？」

「我沒說妳錯。硬要說有哪裡不對，就是妳那短淺的思考方式。」

威廉把手湊到了珂朵莉的額頭上。很熱。

「我是叫妳別認為有對象就好，自暴自棄地賤價出賣自己。找對象要是就近打發，可不會有好下場。」

「下場不好也沒有關係，你可以趁廉價拋售時來收購嘛！買東西要買得精明，基本功就是別錯過出手的時機不是嗎！」

「受不了妳，又不是主婦上街採購。

還有。假如妳想哭，就要趁旁邊有人陪妳時哭個痛快。獨自哭泣是自己懂得什麼時候該停的高手才適合的哭法。不推薦初學者使用。」

「要你管。不吻我就閉嘴。我才沒有哭。」

「可是妳聲音哽咽了耶？」

「我才沒哭。」

珂朵莉嘴硬地說。

——我是什麼？威廉如此思索。

再確認幾次都行。他是只剩空殼的勇者，已經失去了所有想保護的東西。

空殼是別無所求的。他非那樣不可。

「……受不了。」

威廉用力搔了搔頭。

「妳轉成俯臥的姿勢。」

「我聽不見。」

珂朵莉理都不理地轉開臉。

「反正妳聽話就對了。」

「我聽不見。」

「唉，真頑固。」

威廉伸手抓住珂朵莉的肩膀，硬是要她轉身。

他還順便把臉湊過去，用嘴唇輕輕貼上少女的額前。

「咦？」

珂朵莉頓時變得全身僵硬。

太大的驚嚇讓大腦反射性地限制了身體的行動。珂朵莉無法認知剛才自己的額頭遇到了什麼事。她只理解到自己突然被某種事情嚇得全身無法動彈的結果。

她的額頭理應在剛才感受到的觸覺，完全沒有傳達給大腦。

「這樣妳肯聽我說話了吧。快點趴下來。」

「咦？等一下。剛才怎麼了？我不太懂狀況。」

「動作快。」

威廉將雙手的指節壓得格格發響。

他抓著珂朵莉的肩膀，硬是把人翻過去。

「呀啊！」

「這樣做多少有些蠻幹，但是我要讓妳退燒。為保險起見，妳先把嘴巴閉上。」

「閉……閉嘴巴？咦？什麼意思？」

威廉將手按在珂朵莉背上，用指頭摸索筋脈和血液循環的情形。

魔力中毒者的徵狀之一，是魔力會維持高亢狀態，並且滯留於身體組織內令機能下降。若要形容的話，這就好比身體誤以為自己得到了某種棘手的疾病，才導致發高燒的症狀出現。

然而，反過來說，這也代表只要能適切診察身體的狀況，就能找出魔力淤積在什麼部位。

「是這裡……和這裡吧。」

「噫！」

威廉使勁用指頭按壓。

準勇者當得夠久，自己或夥伴罹患魔力中毒就不是多罕見的情況。而且人留在戰場上的期間，往往還得想辦法緩和其症狀，盡可能奮戰得更久。

防止戰力損耗，在長期性戰略上有相當大的意義。因此，威廉曾經找過業務繁忙的軍醫，硬是向對方學了這套應對的方法。

「好痛，那邊會痛！」

「這是因為魔力讓肌肉緊繃的關係。揉開就會舒服了。」

「就算你那麼說……呀啊，那邊會癢……！」

「別亂動，乖乖趴好。」

「拜託，就算你，那麼，說……唔，唔嗯，唔嗯嗯……」

按壓點在隔著背脊相互對稱的十個位置。

威廉用手指依序將那些點全部揉開。

可以想像成讓健康的血流來沖開淤積的魔力。

形容得更白一點，感覺類似靠按摩來鬆緩僵硬的肌肉。倒不如說，除了需要事前先刺激幾個穴道做準備以外，其他要做的幾乎都一樣。

「啊唔……」

找到淤積的小團魔力就加以推揉。

換個位置，再重覆同樣的動作。

威廉差不多那樣忙了十分鐘。

施術完畢後，他才放開少女的身體。魔力瘤已經充分揉開了。接著等筋脈和血流恢復力量，身體就會自己讓魔力鎮靜下來才對。

「好，這樣就可以了。」

在風暴般的刺激時光擺布下，耗盡體力的珂朵莉癱軟得兩眼昏花。威廉則在她背上披了毛毯說：

「接下來要靜養。睡個一晚就能大致恢復了吧。」

「好滴……」

珂朵莉大概是意識模糊，連應聲都發音不清。照這樣就算放著她不管，遲早也會自己昏睡過去才是。這裡姑且沒有問題了。

威廉單獨留下喘氣的珂朵莉，離開了醫務室。

†

我是什麼？威廉如此思索。

嫌麻煩的他一下子就打消念頭了。現在有其他事該思考。

†

紙。紙。紙。

走進那個房間，頭一個映入眼簾的東西就是那些紙。

下一個，還有下下一個映入眼簾的東西，同樣也是紙。

威廉後退半步，確認房間的標示牌。刻在青銅片上的文字看得出是「資料室」沒錯。

他再次走進房間。總之，理應絕不算窄的房間裡堆滿了大量紙張。而且種類還相當豐富。修理妖精倉庫廁所的申請單、關於在對抗〈十七獸〉的戰線上要如何與其他種族部隊相互配合的指令單、大袋胡蘿蔔和馬鈴薯的訂購單、夜哨任務報告書、從迎合女性的大眾雜誌剪下來的內頁、全都亂糟糟地堆在一塊。

滴答，滴答，滴答。牆上時鐘數著時間的聲音聽來格外刺耳。

「……這真夠亂的。」

威廉撥開紙張，想找桌子和椅子。他先把堆在椅子上的那些紙移到旁邊，然後一屁股坐下來審視整個房間。

「這真夠亂的。」

他又重新講了一遍。

該從哪裡著手呢？威廉將手扠到胸前想了一陣子。

他得到的結論是再想應該也沒有結論。

威廉就近將手伸進紙山裡，從底部的地層中抽出一張來看。結果那是近十年前的裝備清點報告書。

——原來如此，這是十年份的堆積物嗎？他想。

有點像成了考古學家的心情。

就這樣被嚇倒，也只是浪費時間罷了。先著手分類現有的文件吧——如此心想的威廉把手伸向手邊的紙塔，這才發現，有人正待在門旁邊偷看房間裡面。

灰髮的妖精少女。她帶著讓人看不透情緒的眼神，默默地望著威廉這邊。

威廉認為她來這個房間大概有什麼事，便試著等待。可是，對方沒有反應。少女始終守在門旁邊，一動也不動地望著這邊，宛如原本就刻成那種形狀的雕像。

「妳有什麼事嗎，奈芙蓮？」

「沒有。」

奈芙蓮立刻語氣淡然地回答，然後一轉身就不見人影了。

「——什麼跟什麼啊？」

威廉偏著頭，重新面對整個房間。

他有想要了解的知識。而且，那恐怕就沉在這片廣大的紙海當中。

牆上時鐘連續敲了十二聲。

日期改變了。

威廉花了那麼多時間，只有將桌上堆的成疊紙張整理好而已。

這下肯定要熬夜了。而且就這樣忙到早上是否能有成果也很難說。

「……好累。」

對了，他沒想到要吃飯。

之前最後一次用餐是在中午，算起來等於有超過半天的時間沒補給營養，只顧著忙。

肚子在威廉察覺到的瞬間叫了起來。

「傷腦筋……」

要是能早點發覺，或許至少可以在餐廳點些簡單的東西吃……現在就算懊悔也填不飽肚子了。

威廉暫且趴到桌上。

他閉上眼睛。

先不管肚子的飢餓，無視疲勞忙個不停只會讓集中力降低。他想休息一下再繼續。沒錯，在時鐘下次敲響前，閉目養神一會兒好了。

——挑逗鼻尖的咖啡香味。

叩的一聲，杯子被擺到桌上。

威廉認為那是端給他的。這麼說來，房門一直都開著。

「啊，謝謝——」

在威廉準備叫妮戈蘭的名字前一刻，他才看見站在那裡的身影是誰。微捲的淡灰色頭髮。給人發愣的印象，看不出目光是對著哪裡的木炭色眼睛。

「——奈芙蓮？」

「叫我蓮就可以了。」

「啊，好的。蓮，謝謝妳。」

威廉又看向桌面，發現咖啡旁邊還有簡單的三明治盛在盤子上。真令人感激。

「不會。我並沒做什麼需要讓你道謝的事。」

奈芙蓮眼神茫然地望了房間一圈又說：

「我只是好奇才過來看看。你在做什麼？」

「唔，沒什麼。我來查找資料。」

「在這種地方？」

「對啊，就是要在這種地方。寶箱一向都藏在地下迷宮的深處吧。想找到有價值的東西，就要有多少吃點苦頭的覺悟。」

「……嗯。」

威廉將咖啡含到嘴裡。

「好甜。」

咖啡裡加的砂糖多到讓他覺得舌頭都要化了。

「因為我想你應該累了。你不喜歡喝甜的？」

「不會，我喜歡。」

說完威廉就直接將咖啡飲盡。奈芙蓮彷彿稍稍地吃了一驚，眼睛微微閃爍。

威廉張口咬下三明治。麵包質地略乾，加上烤乳鴿，還有略偏乾黃的萵苣。感覺芥末醬嗆了一點，不過要讓疲倦的身體提振精神，那樣反而比較好。

「呼。」

威廉舒了口氣。

身體還真是現實，靠著這補給的些許營養，立刻就恢復力氣了。

「然後呢？」

奈芙蓮雙手拄著桌子，擺出逼問般的姿勢，依舊面無表情地問：

「你忙到這麼晚，是在找什麼？」

「啊……算了，瞞妳也沒用。我要找妳們的出擊記錄。」

「唔？」

奈芙蓮不解地偏頭。

「為什麼？」

「我是外人，掛名的技官，外加跟不上時代。

我有太多東西不曉得了。

雖說問妮戈蘭也是個方法。不過她並不是軍人，問了也未必能得到觀點可參考的知識。既然如此，親眼確認軍方的資料是最好的。」

「從你這個掛名的軍人觀點？」

「那個嘛，靠我以前的經驗勉強能彌補。」

「……唔？」

奈芙蓮又將頭偏到另一邊。

「不用想太深。每個人都有他的過去。」

「我明白了。」

她坦率地點頭，然後又問：

「有沒有什麼希望我幫忙的事情？」

「能拜託妳嗎？那麼，幫我找可以了解〈第六獸〉出現頻率的文件，還有能辨別過去十年間的出擊時機、敵我雙方投入戰力、最終耗損狀況的記錄。可以的話，我還需要聖……嘗試修復或調整遺跡兵器的記錄。能看出是基於什麼目的，做了些什麼，還有結果如何的文件最好。」

「唔，要求好細。」

「細處讓我來確認。妳只要幫忙挑選出類似的東西就夠了。」

「了解。」

填飽肚子，可以再次開始工作了。威廉挽起衣袖。間隔一拍，奈芙蓮也用同樣的動作挽起袖子。

兩名大副朝著汪洋般的紙山出航。

——拂曉。

兩名大副在紙張的汪洋中徹底遇難了。

†

天亮了。

珂朵莉．諾塔．瑟尼歐里斯在一如往常的時間醒了過來，然後慢吞吞地走下床，朝周圍看了一圈才發現那裡並不是她的房間，掌握到自己似乎是在醫務室以後，珂朵莉疑惑自己為什麼會待在那樣的地方，便回憶起昨晚最後發生過什麼。

她想起來了。

珂朵莉的頭「啵」地瞬間燒開了。

「什……什什什什什……」

當時她腦筋燒壞了。當時她心靈脆弱。當時她失去了正常的判斷力。如果是在平時的精神狀態下，她才不可能說出那種話，也不可能做出那種事。

託詞的藉口要多少都想得到。然而就算搬出那些話，也無法顛覆已經發生過的事。

『萬一我再過五天就會死，你能不能對我溫柔一點？』

「我我我在講什麼啊————！」

珂朵莉跳回自己剛走下的床鋪。

她滾來滾去，手腳亂揮亂踢，大鬧了一番。床鋪被弄得吱嘎作響，她卻顧不了那麼多。

『……假如，我要你吻我呢？』

「唔呀啊啊啊啊啊啊啊————！」

珂朵莉抱住枕頭，用渾身的力氣摟緊。然後她捶了枕頭，還把枕頭往牆上砸。

自己為什麼會說出那種話？珂朵莉完全不明白理由。呃，她確實不討厭對方，也對他有所肯定，說起來她也知道自己對他算是有好感，不過那是兩碼子事，以為人來說的好感跟以異性來說的好感根本是兩回事不能扯在一起照昨天那樣簡直像她從以前就思慕著他還用發燒當理由來告白唔——哇——完蛋了沒辦法再思考了。

何況，還有一件事。雖然珂朵莉中途就變得記憶模糊，可是印象中狀況後來好像變得很慘。記得沒錯的話，威廉是說要幫她退燒——

「珂朵莉——妳還好嗎——！」

「哇呀！」

忽然有問候聲傳來，珂朵莉連忙把頭埋到被窩裡面。

「噢，她很好。」

「那……那個，聽說妳昨天回來時非常累耶，現在沒事了嗎？吃得下飯嗎？」

從聲音和動靜來判斷，訪客只有兩個。

「可蓉……還有菈琪旭……？」

珂朵莉戰戰兢兢地從被窩探頭用眼睛確認。

不會錯。可以看見的只有櫻色和橙色，色彩鮮明的兩種頭髮。

「嗯，妳的臉好紅耶？」櫻髮的可蓉瞧了過來。

「會……會嗎？是不是妳的心理作用？」

珂朵莉別開目光。

「不過，看來身體是沒事了呢。學姊們每次戰鬥完回來都相當難受的樣子，今天能有精神真是太好了。」這話出自橙髮的菈琪旭。

「——咦？」

這麼說來，珂朵莉也覺得身體格外輕鬆。

昨晚，她記得自己曾過度催發魔力到昏厥的地步。以經驗來說，只要她拚到那種程度，隔天早上應該都會為沉重的倦怠感所苦才對。

珂朵莉下床，原地輕輕跳了兩下。

何止沒有倦怠感，狀況好極了。康復情形有如被施了魔法。

「真的耶，身體好輕鬆。」

「靠氣魄和毅力！」

問題大概不在那裡。

「妳自己沒有發現嗎？」

「嗯，是啊……」

怎麼回事啊？珂朵莉心想。該不會——由於腦袋又要燒開了，她停下具體的回想——是那種莫名其妙的按摩帶來的成效？

「……對了。妳們曉不曉得他在哪裡？」

「妳問的『他』……」

菈琪旭支吾了一會兒才說：

「如果是威廉先生的話，我剛才看到他在資料室。」

「資料室……呃，那個用來堆紙張的地方嗎？」

他去那裡是要做什麼？

如珂朵莉所說，那就是個亂七八糟地擺著成堆紙張的地方。至少，那裡完全不適合找資料。亂成那樣，誰都不會靠近，因此翹班不打掃的妖精們偶爾好像會用來躲貓貓。

「他跟奈芙蓮在一起。」

「……咦？」

「可蓉！」

菈琪旭出聲責備，可蓉卻理都不理。

「他們一起睡在沙發上。」

可蓉又說。她說出來了。

「…………是喔。」

珂朵莉微微偏頭。

「這樣啊。哦。」

「那……那個，學姊？」

「我想起一點事，要離開一下。謝謝關心，像妳們看到的一樣，我沒事，所以放心吧。」

「啊，好的，我明白了。可是……」

菈琪旭戰戰兢兢地仰望著珂朵莉說：

「……麻煩妳要手下留情喔。」

「妳是指什麼呢？」

珂朵莉笑吟吟地離開了醫務室。

†

幸好工作途中有挖到沙發。威廉一屁股坐到上面，他腿上則枕著眼睛昏花的奈芙蓮。

「……哎，算有所收穫吧。」

威廉小聲低喃，以免吵醒幫手。他手裡拿著數十張紙。情報量不如期望，還混了許多內容根本在意料之外的玩意，不過威廉從那當中找到了幾成他想要的情報。

他瀏覽其中一張紙。上面記載著：追根究柢，妖精（Fairy）是什麼？

妖精有許許多多的姿態。蠱惑迷失於森林之人的朦朧鬼火。身上環繞著光芒，長有翅膀的小孩。或者身高只到人類膝蓋附近的矮人。

每種妖精都是神出鬼沒，喜歡惡作劇，還會使用好幾種不可思議的「魔法」，住在森林或他們的王國當中……而且，大多情況下都對人類有興趣，一有機會就會搗蛋。

（哎……就是啊。我所知道的妖精，也都是那個樣子。）

之前威廉就覺得不對勁。除了頭髮顏色以外，怎麼看都像人族少女的這群小孩為何會被稱為黃金妖精，一直都讓他感到在意。只不過有太多應該優先了解的事情，威廉才把那

擱到後頭。

（我原本以為大概是經過五百年，「妖精」的詞意出現了那樣的變化……）

茫然思考的威廉繼續往下讀。

紙上寫到了死靈術（Necromancy）的基礎理論。把靈魂實際存在當前提，羅列出的論述自然十分具有神祕學的味道。據上面所說，靈魂這東西在原始狀態下是純白的存在，會隨著出生後所經的時間而染上現世的色彩。換句話說，靈魂要成為生命的一部分，比肉體成長還要晚。縱使嬰兒或小孩已擁有實實在在的肉體，靈魂的形態仍與大人有異。

因此。尚未在這個世界染色完成就失去肉體的靈魂，會懷有「出生完成以前就死了」的矛盾。原本該依照現世定理前往死後世界（假如有那樣的地方存在）的靈魂，便會迷失所向而留在那個地方徘徊。

那就是人稱「妖精」的存在。

年幼得無法認知自己死亡就喪命的迷途靈魂。

因此，他們的行為是以嬰兒或孩童為準。完全受好奇心驅使，也不分善惡，時而純真時而殘忍，反覆惡作劇與接觸人。

「即使如此，他們在現世絕無容身之處……是嗎……」

威廉俯視自己腿上的少女。

然後，他又把目光放回文件上。

後頭的記載實在令人不快。簡單說，上面提到了以人為方式讓妖精生長並加以操控的具體方法。威廉讀到關於祭品的部分就放棄繼續讀下去了。他並不是想學死靈術的用法。

第二份文件。那是大約五年前，某個威廉不認識的妖精的出擊記錄。她攜帶隨行的聖劍是印薩尼亞。據說她面對三頭〈第六獸〉苦戰到魔力險些失控，最後仍勉強生還了。威廉簡單翻閱內容。類似的報告接連還有好幾則。偶爾會出現「開啟妖精鄉之門」這樣的記載，恐怕就是指刻意讓魔力失控來引發自爆一事。

嚴格來講，妖精和她們這些屬於其種類之一的黃金妖精，並不算生命。他們是一種死靈。因此就算隸屬軍籍也不能數做軍人。即使在戰鬥中陣亡倒下，也不會被列入戰死者。

「所以才把她們當兵器，而不是士兵嗎……」

嘀咕的威廉輕撫腿上的灰色髮絲。「唔嗯」的呻吟聲微微冒出。一瞬間他以為自己吵醒了奈芙蓮，靜靜的呼吸聲卻又立刻傳進耳裡。

我是什麼？威廉如此思索。

對於這個問題，他找出的答案肯定都是虛假的。

此時此刻，威廉非得做出決定。目前在這裡的他是什麼人？

在這個時代沒有歸宿的區區空殼？夢想破滅，失去一切又跟不上時代的準勇者？馬虎過日子就能領錢的掛名二等技官？或者……

——一絲光芒從窗口探入。

天空依舊烏雲密布。

太陽從縫隙中照了進來

那光芒耀眼得讓威廉忍不住瞇起眼睛。

在光的另一頭，他好像見到了懷念的某個身影。

「……我也想早點把債還清，然後趕快到那一邊就是了。」

威廉苦笑著這麼低語。

『少囉嗦，反正快去做你辦得到的事情啦。』

光的另一頭……好像有人如此回答。

哎，混帳。那個臭傢伙。別鬧了。

妳以為我是抱著什麼想法活過了之前一年半的時光？

威廉猛搔頭。

「……威廉？」

有人從威廉腿上在呼喚他的名字。

「喔，妳醒啦？謝了，多虧有妳幫忙才找到不少資料。」

「不會……我沒有做什麼需要讓你答謝的事。」

奈芙蓮靈巧地在沙發上輕輕翻身。

「要是放著不管，你好像就會變成人乾，所以我才會稍微幫忙。」

「就算那樣，還是謝謝妳。」

威廉一把抓著奈芙蓮嬌小的頭，粗魯地撫摸她的灰髮。

「唔嗯。」

雖然奈芙蓮嫌煩似的板著臉，卻沒有把他的手撥開。

「好啦，妳也差不多該起來了。有客人到了。」

半開的門後方冒出了訝異的聲音說：「咦！」

門板微微發出被推開的聲響。莫名不悅地瞇著眼的珂朵莉現身。

「……呃，早安。」

「早安。身體狀況怎麼樣？」

「咦？啊，那個，嗯。感覺，好像非常不錯。」

「那太好了。仔細一想，我沒有對小孩試過那一套，還擔心效果要是太強就糟糕了。」

「小孩……」

珂朵莉好像受了什麼讓她弓起身子的打擊。

「還有……對了，機會正好，現在就來確認吧。

蓮，把頭挪開吧。已經早上了。」

「唔啊。」

威廉讓奈芙蓮的頭落在沙發上，自己站了起來。

「那麼，珂朵莉。抱歉在妳病剛好的時候就這樣拜託妳，陪我做個早晨的運動吧。」

「……咦？」

珂朵莉一臉茫然地眨了眨眼。

†

多變的天空在不知不覺中放晴。
「……咦？」
珂朵莉站在操場中間。
稍遠處則有換上好活動的便服，正簡單地做著暖身運動的威廉。
還有當著珂朵莉的面，剛把細長布包——裡面肯定是遺跡兵器——遞過來的奈芙蓮。
珂朵莉交互看了布包和奈芙蓮的眼睛確認過以後，才把那收下。
熟悉的觸感，還有重量。只要把布掀開，底下就是她熟知的白銀劍身。目前在懸浮大陸群具備最強魔力共振效率的遺跡兵器，瑟尼歐里斯。
為什麼奈芙蓮現在要把這種東西遞給她？
「珂朵莉，妳喜歡這裡的小不點嗎？」
「咦？」
「妳有赴死的覺悟，是為了保護她們的未來嗎？」
「那……那些都不重要吧？」

大致上，情況就像威廉問的那樣。但是珂朵莉不想坦然承認。畢竟在做出目前的覺悟以前，翻攪於她內心的情緒並沒有單純到用一句話就能說盡，而且她也不想承認自己把那些學妹當成赴死的藉口。

「這樣啊。哎，也對。」

威廉也掀開了他手上那把遺跡武器包的布。

珂朵莉認得，布底下出現的……是量產型遺跡兵器。同樣規格的東西在過去發掘過好幾把，性能也被視為比其他兵器來得低一階。

「我要看看妳傳聞中的本事。放馬過來。」

「什……什麼？」

珂朵莉懷疑自己的耳朵。手上拿有遺跡兵器的她們，是在這座懸浮大陸群上最頂級的防衛戰力之一。換言之，她非常厲害。力量甚至不輸用火藥兵器徹底武裝的爬蟲族。

然而，這是為何？

「你懂不懂啊？假如你以為自己也拿著遺跡兵器就能和我戰成平手，那就大錯特錯了。因為那只有黃金妖精（我們）才能啟動。」

「這就難說了。或許試過以後會有意外的結果喔。」

「別開玩笑。你想變成絞肉嗎？」

「免談，雖然那樣妮戈蘭大概就樂了。」

哎，確實沒錯。

「不過要替我擔心那些，妳還早五百年。反正快點放馬過來吧。」

「……是嗎？既然你都把話說到這個份上了。」

珂朵莉的腦海裡，有某塊地方冷卻了。

猛一想，威廉講話莫名其妙並不是從今天才開始的。再說，珂朵莉還有事情要向他和奈芙蓮追究。在這種情況下，先讓威廉見識她有多厲害再繼續談也是不錯。

珂朵莉偷偷地催發魔力。

瑟尼歐里斯察覺適用者進入戰鬥態勢，開始吱嘎作響。遊走於整片劍身的裂痕微微擴張，變成裂縫。隨後，魔力顯化的淡淡光芒便從中盈現。

憑目前的技術並無法解析遺跡兵器是什麼構造，又是以什麼樣的原理來運作。可以曉得的是其力量會依灌注的魔壓而隨之改變。此外，只要黃金妖精灌注全力，縱使是〈第六獸〉也承受不住。那樣就夠了。

「是你自己要求的，可別——」

珂朵莉將原本應該接著說下去的「後悔喔」三字截住。

她蹬地衝向前去。

經魔力增幅的集中力將視野整片改寫。周遭景象失去色彩。有如泡在溫水當中的焦躁感。用正常方式走大概要花二十步的距離，憑現在的珂朵莉只要兩步就綽綽有餘。步法勁道之猛八成讓操場開了小洞，但她管不著。

完美的偷襲。威廉連架勢都還沒有擺。珂朵莉對準他那看似放鬆垂下的右臂前端握住的量產型遺跡兵器。只要將那把劍擊飛就能定勝負。趁威廉受傷之前讓一切結束。

雙方間距拉近。威廉的右臂已進入瑟尼歐里斯的攻擊距離。沒有人跟得上以這種速度行動的黃金妖精。何況威廉在這種間距，這種態勢下，更不可能閃躲或反擊。

——珂朵莉被砍中了。

（……咦？）

劍刃從左脇下方砍進她的身體，然後直接往上斜切到右肩。有數根肋骨被斬斷。銀色的劍鋒劃破肺部，砍進心臟，輕易地將其斬穿。

專注得足以拉長時間的集中力精確地向大腦回報傷勢。

紅色血花緩緩噴出，以藍天為背景劃下鮮豔弧度。

喪失感令人發毛，同時，死亡的實感占滿內心。

（為什……麼？）

（這不是真的……吧？）

（怎麼……會？）

片片段段的幾句話在珂朵莉腦海浮現又消失。她已有赴死的覺悟，卻沒有想到會是在這種地方。冷不防地湧上內心的虛無感甜美而冰冷，恐怖得無以復加。

詫異睜大的眼睛前方，只見天空蔚藍無際。

珂朵莉整個人仰躺倒在操場上。

「唔呀！」

肺裡擠出了活像貓咪被踩到的尖叫聲。

「…………咦？」

她雙手雙腳都伸展開來，在地上仰身躺平。

她就這樣忘我地呆了幾秒。只能茫然地度過恐怕離死亡剩不到幾秒的緩衝時間。

不久，珂朵莉察覺到了。狀況有些不對勁。

她戰戰兢兢地伸手摸向自己的側腹。沒有傷口，也沒有流血，更沒有疼痛。剛才撲向她的凶殘攻勢，並未在身上遺留任何證據。

「這是……怎麼回事……？」

珂朵莉慢慢坐起上半身。

瑟尼歐里斯不知道什麼時候脫手了，掉在離她稍遠的地方。

「妳們根本誤會了聖劍的功用。」

威廉的聲音讓她慌忙回頭。

黑髮青年依然保持著毫無緊張感的慵懶站姿說：

「那玩意兒和妳們所想的不一樣，它可不是『隨使用者本身的魔壓改變其威力的便利咒術武器（Ritual Weapon）』。

原本屬於壓倒性弱者的人族，為了打倒身為壓倒性強者的古靈種還有龍而打造出來的武器，才不可能只具讓弱者多少提昇力量的效用吧。『壓倒性』就是靠那樣的小伎倆也無法彌補，才會被形容成壓倒性。」

他似乎滔滔不絕地發表著什麼。珂朵莉看了那模樣就火上心頭。

連珂朵莉都覺得納悶：自己為什麼會這麼生氣？

她直覺地認為不能把這個人的話聽到最後。

珂朵莉專注心思。視野再度被改寫。

她奮不顧身地撿回瑟尼歐尼斯，隨即壓低姿勢朝威廉展開突擊。

雖然珂朵莉沒看清剛才挨到的那一擊，但是她想像得出當中有何玄虛。那恐怕是利用她本身步法的勁道所使出的四兩撥千金。遺跡兵器正在運作，魔力令五感與判斷力加速，這些有利條件讓珂朵莉完全從思考中剔除了「威廉有辦法應對」的可能性。她在疏忽下產生的死角被精確地戳中了。變得單調的突擊力道直接遭威廉利用。剛才她幻視到的死，更不是單純的妄想。只要威廉有一絲取她性命的想法，那樣的未來就會立刻瀕臨眼前才對。

珂朵莉可以認同。雖然這個人有些莫名其妙，但他是不得了的高手。

（——就算這樣！）

她也有不能認同的事情。妖精運用遺跡兵器的作戰方式，還有一路藉此撐過來的戰役，說什麼也不能被否定。

珂朵莉目前的身體比平常更靈活，這一點恐怕要歸功於威廉。雖令她不甘心，卻也值得感激。約為十步的距離，運行魔力的她用兩步解決，並在雙方兵刃若即若離處煞停，然後稍微錯開恐怕已經被威廉看穿的發招時機縱身一躍。珂朵莉扭身，用右手的瑟尼歐里斯瞄準威廉的肩頭，同一時間更用左腿從死角踹向他的側腹。前者為虛，後者為實。膂力和體格的差距就催發魔力來彌補。這一腳踢中難免會讓對手痛得翻來覆去，可是不做到這種地步，肯定無法傳達她的想法。

（——要傳達什麼？）

剎那的疑問立刻從腦袋飛到九霄雲外了。

這次，珂朵莉看清了威廉的動作。

他動作平緩地將劍伸入瑟尼歐里斯的劍勢，再施以巧勁，讓劍勢和珂朵莉的體勢雙雙失準。左肩一扭，鑽進珂朵莉瞬間出現的空隙後，又順勢將左掌推向她的側腹。

珂朵莉身上的力學頓時發生錯亂。

她的身軀自個兒扭向一邊，剛有被拉扯的感覺，人就飛到了老遠。

（這是……什麼情況嘛——！）

秋天萬里無雲的碧落又出現在珂朵莉眼前。

可是，有一點跟之前不同。這次，她還沒有幻視到自己的死。看來這副身軀還活著。

「你這……！」

她伸出左臂，用五指扎入操場，硬是煞住自己被震飛的身體。地面上拖出五條宛如遭到撕裂的爪痕。

珂朵莉一個翻身，以指尖觸地的姿勢重整態勢。

「喂，太蠻幹了吧。」

威廉傻眼似的口氣實在讓人火大。

真正覺得傻眼的明明是她才對。

「……這什麼情況嘛。」

珂朵莉不甘心地用發抖的聲音問。

「嗯？妳是問哪個部分？」

威廉若無其事地這麼回話。

連珂朵莉有好幾個疑問這一點，都被他看透了。

珂朵莉覺得自己連突擊的氣力都沒了，只好大步上前胡亂猛揮瑟尼歐里斯。威廉毫無緊張感地叫出「唔哇」的聲音，並且用自己手上的劍擋下她的攻擊。

從他那把劍的裂縫可以看見有微弱光芒浮現。

「我再怎麼努力用咒脈視，從你身上都感覺不到催發魔力的動靜。可是，你的劍卻好好地在運作。那是什麼作弊的手法？」

「還不是因為我說明到一半，妳就砍過來了。

對於聖劍，有一點妳必須先認清才行，它是可以『將對手接觸劍身的強大力量反過來利用』的武器。對手越是強大，越能讓聖劍增加力量。因此它才能攻擊龍，才能連星神都砍殺。

以這次來說，妳催發用來喚醒瑟尼歐里斯的魔力，在原理上也對我這把帕希瓦爾也起了同等規模的喚醒作用。

……那麼。」

珂朵莉背後竄出某種發毛的感覺。

攻擊要來了。她直觀的想法讓思考擅自加速。視野失去色彩，四肢用全力將全身扯向後方。短暫的閃躲動作瞬間瓦解，讓她當場跌坐在地上。

珂朵莉不知道自己的判斷到底正不正確。因為威廉並沒有動。他依舊擺著將手臂放鬆持劍的姿勢，只有臉上「哦」地換成了佩服似的表情。

「身手靈活。出招也夠乾脆。魔力的勁道相當可觀。另外，直覺也不錯。既然沒必要與單兵搏鬥，戰略技巧方面完全不行這一點就不用在意。何況妳之後還有讓魔力失控的王牌，對吧？

……原來如此，靠蠻幹的方式能奮戰至今也是可以理解。」

威廉話說到這裡，就拋下了右手的劍。

蹙眉的珂朵莉一邊納悶那是什麼樣的假動作，一邊起身。

「我放心了。

妳夠強。而且，妳還能變得更強。

所以……妳要平安回來。」

威廉細語似的說了這些。

然後，不支的他就緩緩地仰身倒下了。

沙塵「磅」的一聲揚起。珂朵莉仍不放鬆戒心。她毫不鬆懈地一直瞪著被拋下的劍，朝著她伸直的那兩條腿，彷彿要擁抱天空而張開的那兩條手臂，還有眼睛望著天空直打轉的那張臉龐。

……眼睛直打轉？

珂朵莉察覺狀況有異以後，奈芙蓮就走到威廉身旁，確認他的心跳和頸子的脈搏。

「唔哇。」

奈芙蓮發出聽似毫不訝異的驚呼聲。

「怎……怎麼了啦？」

還保持著警戒姿勢的珂朵莉問道。

珂朵莉到目前為止已經被威廉嚇夠了。如今她無論聽到什麼都不會心慌，更不會因而露出破綻讓威廉趁機擊敗她。珂朵莉如此告訴自己，並重新將瑟尼歐里斯握好。

「他快死了。」

奈芙蓮低語。

「……耶？」

珂朵莉發出了傻裡傻氣的疑問聲。

## 5. 堅強的女機器人

通訊晶石的另一端，有爬蟲族巨岩般的臉孔。

「預知不變。波濤將依照預測來到天上之地。我等得加緊腳步，放出鷹犬，磨利箭尖。」

爬蟲族特有的拐彎抹角的說話方式。再加上腔調難懂的大陸群共通語。聽不慣的人很難立刻掌握其語意。

他的話解釋成白話會變成這樣：

『預知並沒有出現變化。襲擊會按照過去預測的時間、地點而來到。我們要趕快整頓戰場，準備好戰力才可以。』

「……嗯，好啦，我懂了。倒不如說，我本來就知道。」

妮戈蘭懷著嘔血般的心境這麼回話。

敵方的行動全按照預定，就表示我方的所有行動也要按照預定執行。

——就不能設法省略不用你所謂的「箭尖」嗎！

只要內心一鬆懈，她的舌頭似乎就會擅自動起，像這樣吼出來。

因此，妮戈蘭將所有情緒都收到心裡。她在腦海的角落塑造出另一個自己……另一個識時務，可以毫不猶豫地選擇最佳手段，像機器一樣不為軟弱情緒所動的自己，然後把所有話都交給她來說。

「三天後的八刻鐘，本懸浮島的港灣區會派出五員遺跡兵器適用者當中的三員，讓她們以帶劍狀態動身。」

——你們是軍人吧！是戰士吧！你們是挺身在最前線戰鬥，也自知會在戰場上喪命才能混飯吃的吧！那為什麼你們當中反而一個人也沒死！為什麼只有我們這裡的女孩要犧牲！

「其中一員會是遺跡兵器瑟尼歐里斯的適用精靈『妖精兵珂朵莉．諾塔．瑟尼歐里斯』，她在作戰過程將開啟妖精鄉之門。」

——我才不相信你們盡力了！我不承認！你們要確實上場作戰啊！要更加努力想辦法啊！用其他方式作戰啊！救救我們這裡的孩子啊！

「其餘兩員『妖精兵艾瑟雅．麥傑．瓦爾卡利斯』、『妖精兵奈芙蓮．盧可．印薩尼亞』則以預備戰力的身分待命為前提。若是瑟尼歐里斯開門後戰況仍無法完結，就會要她們在各自判斷下帶著遺跡兵器參戰。」

——她們明明連戀愛都不懂，連幸福是什麼都一無所知。為什麼非得在這種時候就殞命不可？

「以上所提到的『箭尖』，奧爾蘭多商會第四倉庫會提供給護翼軍。」

——……為什麼，我們不能代替那些女孩呢？

妮戈蘭明白。

幼體發育為成體以後，就是極為強大的戰力。軍方上層十分清楚犧牲她們去作戰有何意義。他們沒有像妮戈蘭那樣流於私情，更能正確理解其意涵才對。

但即使如此，假如軍方沒有痛下往後將永遠喪失其戰力的覺悟，就贏不過來襲者。

誰都無法代替她們。面對來勢洶洶要吞沒島嶼的烈火，倒下一杯水又有什麼用？就算妮戈蘭是令人畏懼的食人鬼，充其量也就這點能耐。她連一項想要守護的事物都守護不了。連一項想要爭取的事物都爭取不到。

妮戈蘭明白。

不過。可是。因為她明白，所以那又怎麼樣？

通訊晶石的連線「啪」的一聲切斷了。

原本壓抑著情緒的某種意念，也跟著脫韁了。

「唔哇啊啊啊啊啊！」

妮戈蘭吼了出來。

「夠了！這算什麼！這算什麼嘛！」

她抬頭對著天花板，順從爆發的情緒大喊。

在腦海角落塑造另一個像機器的自己？那種噁心的玩意，現在就應該扔到垃圾筒。她要把那塞進輾碎機裡碾成廢鐵。

「為什麼……為什麼啊……」

激動的情緒立刻就乾涸了。

吼聲中斷，變成輕微的嗚咽。

大粒淚珠從眼角盈出，滴滴答答地落在腿上，裙襬留下濕痕。

妮戈蘭曾經決意要當個堅強的女人。

好讓這裡的少女們可以毫無不安地過來依靠她。好讓自己成為少女們的心靈支柱。好讓笨拙的自己為沒有父母的孩子們代掌母職，或者扮演母親的角色。

妮戈蘭理應在那一天就決定了。無論發生什麼事情，她絕不能哭。真正感到不安的，真正想哭的，應該是那些少女本身。既然如此，自己非得接下為她們承接眼淚的角色。既然如此，無論再怎麼勉強，無論要如何抹殺自己的內心，她都得用笑容支持少女們才行。

太蠢了不是嗎？

那種事情，她當然辦不到嘛。

畢竟，現在她是如此傷心，如此懊悔。

眼淚和嗚咽，都不可能停得下來。

「嗚嗚嗚……嗚哇……」

沒當成堅強女人的她，哭叫得活像嬰兒。

沒有人肯安慰她。沒有人肯承接她的眼淚。因此，她不曉得要哭到什麼時候才停。

「打擾了，我們有急事！」

「妮戈蘭在這裡！」

「不不不……不好了！」

事發突然。急得幾乎像破門而入的三個小妖精闖進了房間。

「呀啊！」

幸好面對通訊晶石的妮戈蘭是背對房門。嗚咽因為驚嚇而止住了，哭臉也免於被少女們看見。

「欸，妳……妳們幾個，進房間時至少敲個門。」

妮戈蘭的聲音還在顫抖，只能小小聲地背對她們抗議。但是──

「不是敲門的時候了，我再說一次，事情緊急。」

「妳快點來，不趕快真的就糟了！」

「再不快一點，他或許真的就要死掉了！」

死？

什麼嘛，原來是那件事嗎？

珂朵莉．諾塔．瑟尼歐里斯會死這件事，妮戈蘭也曉得。不過那還要過三天才會發生。

那孩子才十五歲，她身為最年長的少女之一，總是裝出一副成熟樣，但她其實十分孩子氣，喜歡撒嬌卻又不擅長向人撒嬌，而且——

「威廉先生好像快死了！」

沉默。

……咦？好像快死了？誰要死了？威廉嗎？

話語分成了一個個的字，沉沉地落在妮戈蘭原本被淚水麻痺的心田。

足足隔了幾秒鐘。

「是發生什麼狀況才會弄成那樣啊！」

講話仍帶著一絲鼻音的妮戈蘭大吼，一把抓起常備的調味料收納盒……不對，就一把抓著藥箱衝出房間了。

「等這場仗結束以後」
-starry road to tomorrow-

# 1. 久遠又久遠的那一日之事

漫長戰鬥終於決出勝負了。

太陽已經三度西沉並升起相同的次數。

開戰前曾是高聳山峰的地方，如今成了有海水流入的巨大海灣。

解放於樹林的煉獄火焰尚無停息跡象，仍不停朝四周散播死亡與黑灰。

周遭散落著無數金屬片。具備知識者只要仔細看，應該就會發現那是各式各樣的護符殘骸。掉得最多的碎片，是神聖帝國中央工房謹製的「擋箭」護符最後落得的下場。漂在海灣波浪間的好幾團青銅片，則是西高曼德沙流聯邦相傳的「絕症延命」護符碎裂後的模樣。林隙間滾燙紅熱的鎔鐵，在幾天前曾是咒術門派月主祕藏的「宿命守護」護符。

那是名符其實地從全世界搜集來的，人類所能準備的頂尖魔法戰力集大成。

它們全被消耗到極限，才會潰散於此。

「——受不了，費了這麼大工夫。」

青年已經連動一根手指的力氣也沒有了。

他拋開折斷的劍，就近找岩石坐下。

「喂，我可沒聽說非拚成這樣才贏得了。」

『那是我的台詞，小夥子。』

聽似苦悶的嗓音沉沉地撼動大氣。

彷彿從深淵底部響起的蒼老男性嗓音。

『不過……單是你能竭盡短短的性命，將氣慨堅持到這種地步，我倒很賞識。』

「我可不會感到高興。反正得你賞識，我所剩的時間也不會變多……話說回來，你一派自然地在講話，可是你應該死透了吧？」

『然也。

肉體被摧毀得如此徹底，縱使是我，也得讓身子在死亡的寂靜沉浸百年才行。目前用這種形式與你交流的，算是我留下的餘響。』

「是嗎？聽到這話我就放心了。」

七道亡國級禁咒；十一把「開刃」到自毀程度的帕希瓦爾系列；甚至青年本身沒資格

動用的勇者劍技最終奧義都已經強行祭出。

假如這樣還不能將其滅絕，也無計可施了。

『……接完你的招式還談這些也嫌累贅，不過真是驚天動地啊。身為無力的凡人之軀，卻能獨自使出此等力量嗎？實在可怕。若你在人世裡動用那股力量，恐怕一夕之間就會讓兩三個國度化作焦土。不過……看來要發揮那樣的力量，實在不可能毫無代價。』

青年哼了一聲。

有好幾道繩狀的淡淡霧氣，正飄在青年身邊，其數量一點一點地增加，彷彿要將青年五花大綁似的逐漸纏住他的身體。

『禁咒規模如此之大。反作用力必將成為咒詛，反噬施術者。光唱誦一道便能輕易毀去凡人身軀，就算魂飛魄散也毫不奇怪。若是多達七道，湧上的苦痛想必十分駭人。』

「反正總歸要死，唱誦一道或七道也沒差別，既然再也不能作戰，疼痛和痛苦都無所謂了吧。」

『……實難視為常人的思路。』

「我從以前就被人那樣講，不過連真正的怪物都說同樣的話，聽來別有滋味耶。」

青年咯咯發笑。

『若沒有癲狂至此，你也不會挑戰星神，是吧。

——那麼，差不多是道別的時刻了。從現在起，我將陷入約百年的沉眠。』

「要滾快點滾。至少讓我安安靜靜迎接死期。」

『我明白。我可以認同那是勝者至少要有的權利——』

說話聲轉弱，隨著原本充斥在周圍空間的威迫感一起消融於風中。

「——喂。你死啦？」

青年試著問對方，卻沒有得到答覆。

「啪」的一聲，脆響從青年腳下傳來。

他使出渾身力氣低頭，就發現腳踝前面的部分已經變成粗糙的石塊了。

——這什麼狀況？

好幾聲脆響重疊在一起，灰色面積開始沿著他的身體往上蔓延擴散，到了膝蓋，到了腿，到了腰，還繼續往上。

原本就令人性命難保的詛咒重重交疊，累積了七道……經過複雜交合與相互干涉，結果便在現實中形成與原來大異其趣的形態。

胸口一帶已經化成石像的青年又笑了。

「我本來打算活著回去就是了。為什麼會弄成這樣啊？」

他抬頭向天，朝著肯定也在同一片天空下某處的重要人們，留下自己不可能傳達的遺言。

「抱歉，黎拉。妳要返鄉，就和師父一起回去吧。

不好意思，史旺。以後黎拉要任性，得由你負責奉陪了。

艾咪……我們好像沒做任何約定。就算沒人管妳，我想妳還是可以活得好好的吧，總之，多保重。」

然後……然後……

當青年說著這些時，他的身體仍以驚人速度轉變成石頭。

青年想叫的名字實在太多了。而且，和那些一比，他所剩的時間實在太少。沒辦法。他決定將腦海裡所有想到的名字濃縮成一個。

「愛爾梅莉亞，我真的很抱歉——」

最後，青年選出了還在遠處的養育院等待，和他並無血緣關係的「女兒」之名。

「——看來，我沒辦法回去吃奶油蛋糕了。」

「啪」的輕輕一聲。

在那裡的，只剩下有著青年外形的石塊了。

## 2. 沒道理活著的某人

「搞什麼嘛？」

那就是妮戈蘭幫威廉急救完以後的第一句話。

「你的身體是怎麼搞的？」

「哈哈哈，該怎麼說好呢？身手退步得真不少。我太久沒拿劍，身體的反應才會跟不上。」

「不用開那種玩笑了。至少自己處於什麼樣的狀況，我想你應該很清楚吧。」

妮戈蘭表情嚴肅，而且眼睛不知為何充血發紅，連聲音都有點顫抖。氣氛看起來實在無法用玩笑話敷衍過去。

「坦白說，你就像塊破布喔。

幾乎所有骨頭都有細微的裂痕，沒痊癒。

各處肌腱都依舊衰弱，沒有恢復。

內臟也有近半數運作不良。

氣功醫術之類不是我的專業，所以我不清楚，可是從他們的觀點來看，絕對會說你身上的氣脈全都分崩離析。」

哎，的確，威廉認為八成會被那麼說。他也絲毫沒有那方面的知識，不過對於自己身體分崩離析這點倒是有自覺。

「筋肉也是，傷得這麼徹底，我看就算不特地拿菜刀拍打也能用牙齒輕鬆咬斷。」

威廉希望她別一臉心酸地說這些。

「而且，這些都不是一兩天內的傷。完完全全屬於舊傷。表示今天以前，你都隱瞞著這麼重的傷在生活嗎？」

「我並沒有把這當成祕密就是了。」

「哎喲，你一臉若無其事地都不提就等於隱瞞喔。到底要鍛鍊到什麼地步，才能在這種狀態下照常走動啊……」

妮戈蘭說到這裡就深深嘆了氣問：

「……這些傷，都是你之前變成石頭的後遺症嗎？」

「應該說，是在變成石頭以前的戰鬥所造成的傷勢。

哎，光能從那種狀態活下來原本就算賺到了。我沒有什麼好奢求的。」

「那並不能當成輕生的藉口喔。」

「好像也是。」

威廉輕輕聳肩——打算聳肩的他全身劇痛不已，因此只能先擺個曖昧的笑容。

「你別再逞強了。」

妮戈蘭悄悄用手掌握住他的手。

威廉的心跳反射性加快。

「因為滋味會變差。」

哎，他就知道妮戈蘭會這麼說。

「你身體的事，可以告訴其他孩子吧？」

「嗯。我剛才也說過了，原本我就沒有打算當成祕密，假如妳覺得有必要，儘管告訴她們。」

「我明白了。那麼，我要過去了。你就在這裡躺一會兒。

我想你應該明白，對身體會有負擔的行為一律禁止喔。目前能活著都顯得不可思議的人，根本就沒有活命的保證。」

「我懂啦。現在都弄成這樣了，我犯不著替妳的晚餐多加一盤菜。」

威廉盡可能把話說得輕鬆。

「別跟我打哈哈。我是認真的。」

「……好……好啦。」

妮戈蘭噘了嘴唇，用不太有魄力的嚴肅表情對威廉發脾氣。

上一刻才提到滋味云云的人不知道是誰喔？威廉總覺得事情有些沒道理，但他決定不反駁。

畢竟少頂嘴應該對自己比較好……況且，他也有自覺，被別人認真擔心卻用打哈哈的方式來掩飾害臊，並不是什麼有教養的行為。

†

妮戈蘭姑且選了餐廳來當讓眾多妖精齊聚一堂的地方。

聚集近二十個少女的視線於一身的她發出嘆息。

「……即使妳們用那麼期待的眼神看我，要談的事情未必有趣喔。」

「哎，那部分之後再來判斷啦。

現在嘛，與其在意事情有不有趣，我們幾個更想了解那所謂的真相。」

艾瑟雅煞有介事地一說，周圍的妖精也都紛紛點頭。

看樣子，這下是逃不掉了。妮戈蘭嘀咕：「真拿妳們沒辦法。」然後便下定決心娓娓道來。

「記得是在去年春天那時候吧。比我被派來這裡要早一點。

當時，奧爾蘭多商會曾經派我去協助打撈者團體。」

「打撈者——！」

有幾個妖精眼睛一亮。走險追求浪漫的那些打撈者，對懸浮大陸群的部分小孩來說就像英雄一般受歡迎。話雖如此，他們博得的人氣應該以小男孩為主就是了。

「基本上，那群人算不走運的打撈者。

他們好幾次降落到地表，整體來說卻一直沒什麼收穫。那一天，他們差點又要淒涼地空手回懸浮島，有個迷糊蟲卻不小心踏穿地面，跌到了地底下——」

一行人就在當場發現了結凍的巨大地底湖。

而且，他們還看見湖底沉著一尊無徵種青年的石像——據說是如此。

「感覺好像冰棺（Icicle Coffin）公主喔。」

有個少女提到了童話故事的書名。

「冰裡頭是男的，可不是公主，而且還是尊石像耶。」

會用咒脈視的同伴看出那並非單純的石像，而是有血有肉，遭受了某種詛咒才石化的青年。這樣一來，大夥兒實在沒有丟下他就走的選擇。

那些打撈者花了工夫敲碎冰層，把石像從裡頭拖出來。雖然那是一件重得不得了的行李，他們還是設法帶回懸浮島。

把人送進施療院過了一個月左右以後，青年的身體解除石化，也恢復意識了。

「當時真的很辛苦喔，

他每次看到綠鬼族或豚頭族就想大鬧，而且語言完全不通。我們請了商會的通意術師才終於能跟他溝通許多事。

那時候，我才總算曉得，他是貨真價實的人族。

與同族以外的所有人敵對，奮戰到最後碩果僅存的士兵。

雖然我不知道他為什麼會在那裡……可是，過去幾百年以來，他都一直沉睡在那座湖底。」

「他一直待在地表，都沒有被〈獸〉吃掉嗎？」

「或許，因為他之前一直是石像吧。不曉得那能不能說是不幸中的大幸。」

解決語言的問題相對容易。因為掉在冰層附近的古代護符之一，正好有「語言理解」的效用。青年運用護符一點一點地講出自己的背景，然後，也理解了打撈者們告訴他的現狀。

當時青年絕望的臉孔，妮戈蘭到現在仍然記得。

當時青年痛哭的模樣，妮戈蘭到現在仍然無法忘懷。

在理應早就滅亡的人族中，他恐怕是碩果僅存的生還者。打撈隊的所有夥伴決定讓如此特別的他憑自己的意願去過活。

之後一陣子的事，妮戈蘭就不太清楚了。他——哪裡不好選——住到對無徵種非難聲浪格外強烈的二十八號懸浮島，做著繁重得離譜的勞動，打算償還花在復甦藥、施療院和通意術師上的費用。妮戈蘭只有從其中一名打撈者得知這點消息。

接下來……是的。他來到了這裡。

青年長得比一年半以前還高了。他變得常常笑了。他露出了對孩子們特別溫柔的意外一面。

即使如此，唯有那股搖盪於他眼裡，宛如漆黑火焰的虛無感，從那時候起就絲毫沒有改變。

「我所知道的，全部就這樣了。」

將部分主觀印象帶過不提的妮戈蘭將來龍去脈和盤托出。

少女們面面相覷，然後又互相咬耳朵，好像在討論什麼。

「——我所能講的，也到此告一段落。

其他可以說的，頂多只有拜託吧。要妳們立刻接受或許有困難，不過，我希望大家不要太過害怕那個人或跟他疏遠……就這樣。」

妮戈蘭說完以後，便離開餐廳了。

走在走廊上，妮戈蘭心想：或許她搞砸了。

人族是被忌諱的種族。雖然威廉本身應該與其無關，不過散播〈十七獸〉讓世界滅亡的，肯定就是那個種族。

妮戈蘭不認為這些黃金妖精會擺出跟外界相同的態度。然而，即使她們的反應不全然相同，仍有可能屬於同種。因為她們是用來與〈十七獸〉對抗的存在，也是為此消耗的兵器。若要追本溯源，讓她們走向那種命運的正是人族。

就算這樣，如果可以，妮戈蘭還是希望這些孩子別排斥威廉。

在世上並無歸宿的他，好歹在這裡還笑得出來，妮戈蘭不想毀了這些。

威廉自己肯定也不希望那樣才對。因此，他才會試圖了解妖精們的真實背景，也曾試圖揭露關於自己的真相吧。妮戈蘭不想否定他的覺悟。所以，她才會像這樣對孩子們提起往事。即使如此，並不代表那就能抹滅她不願放棄的心意。

所以，就算妮戈蘭明白這是自私的願望，她仍然希望這些孩子能像以前一樣留在威廉身邊——

妮戈蘭猛然止步。

有股不好的預感掠過了她的後頸。

不會吧，她想。再怎麼說，事情總不會在這時候就變成那樣。然而同一時間，她也認為：那幾個搗蛋鬼難保不會胡來。

妮戈蘭急忙調頭，然後快步趕到醫務室。

當她剛來到走廊轉角——

「威廉——！我都聽說了，你的同族在以前滅亡了，對不對！」

少根筋的說話聲就傳來了。

妮戈蘭差點整個人撲倒在地上。

「哦——人族真的和我們沒什麼不同耶。」

「我很有興趣。可不可以講一些你們那時代的事情給我聽？」

「那……那個，我不太會說話，不過請你打起精神來！」

湧入的妖精們擠滿了醫務室。

孩子們聚在上一刻才差點沒命的重傷傷患床鋪旁邊，吱吱喳喳地，熱鬧得很。

「………」

妮戈蘭傻眼地在門口前愣了大約十秒。

她忍不住嘲笑自己剛才的想法有多滑稽，又拖了五秒。真是的，仔細一想，明明有足夠條件可以料到會演變成這樣，之前她到底在擔心什麼？

這些少女各盡所能地想幫威廉打氣，讓妮戈蘭很高興，又費了大約兩秒來忍住微笑。

她用來切換心情的深呼吸，則足足花了大約七秒。

「**妳們幾個**。」

少女們的動作頓時停住了。

她們發出吱吱嘎嘎像生鏽螺絲轉動的聲音，把頭轉到妮戈蘭這裡。

「那個人啊，現在非常地疲倦，正在休息。所以妳們要讓他靜養。

不聽話的壞小孩……」

妮戈蘭緩緩慢慢地，像撕裂布料那樣扯開笑容說：

「**會變成怎麼樣，妳們都懂吧？**」

接下來，不到十秒，少女們就爭先恐後地逃出醫務室，全速從走廊跑掉了。

「哦——變安靜了耶。」

艾瑟雅忽然從妮戈蘭背後探頭。

「要是太聒噪，我也會把妳趕出去喔。」

「啊哈哈，不敢不敢。」

艾瑟雅輕鬆地笑了笑，然後露出難以分辨是正經或說笑的曖昧表情問：

「不過，我有事情想早點跟差點沒命的那一位問清楚，至少准我去找他好不好？」

「……妳想問什麼？」

妮戈蘭還沒講話，威廉本人就先應聲了。

這樣一來，妮戈蘭就無法插嘴。艾瑟雅帶著一如往常的笑容說：「感謝感謝——」溜進了房間，然後順手在床鋪旁邊擺了小椅子坐下來。

「首先再做個確認。你是人族對不對？」

「好像不知不覺中就變成那樣稱呼了。

我在地表時，並不會特地幫自己的種族取專有名稱。只要提到『人』就是指人類，不同種的生物幾乎等於自生怪物。」

「真是殺機四伏的時代耶。」

「哎，那我不否認……然後呢，妳的正題是什麼？」

艾瑟雅賊賊地笑著開口。

「……為什麼堂堂的人族要來關照我們呢？」

接著，她忽然換上嚴肅臉孔，語氣低沉地如此問道：

「我很感謝你的存在喔。二等咒器技官。

不過，現在聽到你的真實身分，我又不懂你為了這個地方盡心盡力的理由了。

你拖著這副慘兮兮的身體跟珂朵莉搏鬥，不就是認真把命豁出去了嗎？沒有什麼了不起的理由就拚成那樣，感覺很噁心耶。」

「對女孩子溫柔是理所當然的。」

「……真容易理解呢。」

艾瑟雅放鬆表情，用指頭搔臉。

「我想生物學家也說過，雄性（公的）體會對雌性（母的）體溫柔確實是出自天性，不過你想，我們的這副模樣只是表象喔。」

黃金妖精只存在女性。

雖然不明其原因，但無奈的是事實就是如此。至少目前並沒有發現過例外。

嚴格來講，由於她們並非生命，而是可以透過自然誕生來繁殖的東西，沒男性也不會造成直接的風險。因此沒有任何人把這當成大問題，然而這種情況要是換個角度來想——

「所有妖精都是女的，根本和沒有性別是一樣的，不是嗎？

換句話說，我們全都跟蛞蝓差不多喔。」

「妳真搞不懂。」

威廉嗤之以鼻。

「要是被帝都傀儡軍的造型組聽到，他們可會氣瘋的。」

「哎。就算你那麼說，我又不認識那些人。」

「……不然這樣吧。妳喜歡貓咪嗎？」

「哎，還好，跟常人差不多。」

「妳會想保護牠們嗎？」

「這個嘛，跟常人差不多。」

「簡單來講就是那麼回事。」

「呃，我聽不懂啦。」

威廉思考了一會兒又說：

「照我以前聽過的說法呢，可愛的外表並不是無意間產生的。他們本身『希望被愛』、『希望被保護』、『希望被珍惜』的本質，會自然而然地讓他們變成那個模樣。野獸也好，人也好，小孩這種生物會有超越種族的可愛，當中的道理就是如此。因為他們正是那麼拚命地想讓自己被保護……就是這麼回事。」

「……你想說我們也是那樣的嗎？」

「既然真面目是『靈魂』，明明要化成任何異形都可以，妳們這種匪夷所思的生物卻特地生為孩童，而且是女性的模樣。所以算有說服力吧？」

「意思是我們整支種族都愛撒嬌嘍？——假如把技官偏愛少女這點算進去，確實說得通。」

「不對，妳為什麼會那樣解釋啊！」

兩人開心地笑了。

妮戈蘭總覺得不太能釋懷。

自己之前擔心得要命到底算什麼？她有這種難堪的心情。

結果妖精孩子們和威廉本身，都沒像妮戈蘭設想的思考得那麼深，他們都任性極了。無論哪一邊，都只會照自己的觀念和標準行動。

坦白講，他們是群傻瓜。

而且，傻瓜就是沒那麼容易變聰明才會是傻瓜。

因為他們可以像那樣縱情歡笑，所以才像個傻瓜。

真是的。我最愛你們大家了。

妮戈蘭要是用言語說出這些想法，所有人不知道為什麼都會害怕，因此她只有保留在內心裡面吶喊。

## 3. 迷惘的少女與翱翔天際的蜥蜴

……自己在做什麼呢？

珂朵莉．諾塔．瑟尼歐里斯奔跑著。她衝出名為倉庫的宿舍，穿過森林，跑過港灣區，由於沒有地面可以繼續跑，便從背後用力展翅飛向天空。

珂朵莉不明白自己這麼做的理由。可是，她不得不如此。

透過那場簡短的模擬戰（珂朵莉是這樣解讀），她大致能理解威廉想表達的意思。她參透了。因此，珂朵莉承受不了。

目前軍方所能配備的正常戰力，和即將來襲的那群〈第六獸〉相比，不管怎樣都無法穩操勝算。因此，他們決心靠犧牲來暫時提高戰力。簡單來說，現狀就是如此。

而且這樣的狀況有辦法解決。提高現有的戰力本身就行了。

珂朵莉從一開始就很清楚，她們沒有發揮出遺跡兵器原來的力量。畢竟那些東西是古時候的精密咒器，即使不是，性能也已經下降了才對。何況又沒附使用說明書，只能靠嘗試錯誤來摸索啟動方式，以替代品(妖精)混過使用者認證那關，設法讓兵器強行啟動而已。

既然如此，只要曉得原本使用方式的人出現，狀況當然就會徹底改變。

要重新計算戰力。可以再度把「不曉得會出現多少犧牲的勝利」和「十拿九穩卻會出現最低限度犧牲的可靠勝利」放上天秤估量。

這等於承認她們以往的戰鬥都錯了。

以往喪失的事物，其實都是白費而不必要的犧牲，這樣的事實等於就擺在眼前。

照以往做法而失去的事物，對於已經覺悟要自我犧牲的人來說，等於直接被斷定其覺悟毫無價值。

「開什麼……玩笑……」

半年前。

預知到特大號〈第六獸〉將來襲的那一天。

黃金妖精珂朵莉・諾塔・瑟尼歐里斯被告知除了讓魔力失控以外，沒其他手段能將其擊退的那個瞬間。

「我明明那麼害怕……」

當然，珂朵莉根本就不想死。

當她得知自己所剩的時間有限以後，就想了許多想做的事情。

即使如此，珂朵莉還是哭了好久，逞強了好久。

「我明明才剛做出覺悟……」

她決意不再哭泣，是距今短短半個月以前的事。然而，現在眼角卻熱得不得了。

可惡，誰要哭啊。珂朵莉心裡越是如此逞強，越是抑止不住情緒湧上，變得隨時都要盈眶。

「唔……唔唔唔……」

她眼睛用力，翅膀停止拍動。

珂朵莉開始自由墜落。耳邊有風呼嘯而過的聲音。

眼底可見又白又厚的雲海。

——她覺得這樣正好。

在雲中飛翔，全身就會沾濕。那樣一來，流淚的證據不會留在任何地方。因此，珂朵莉任由自己的身軀往下墜。

她沒入雲中。

所謂的雲，實質上就是高處出現的濃霧。即使看似棉花，摸起來也沒有感覺，就算跳進其中也不會濺起水花。天上空無一物，那裡只有白茫的視野，只會讓她沾濕全身。

「啊。」

珂朵莉覺得狀況不妙。

她忘了非常重要的事。

現在是秋天。冬天已近。

而且，全身要是沾濕，會非常冷。

「糟糕……」

在天空飛翔時體力很要緊，這一點之於鳥或妖精都是不變的。寒冷會急速剝奪其體力。更重要的是，這附近並沒有恰好可以用來休息的懸浮岩浮在天上。

要設法飛到旁邊的懸浮大陸？

還是從來到的這片天空直接折回去？

哎，兩種做法都絕非辦不到。然而考慮到回程，前者就不太實際了。既然如此，珂朵莉除了折返以外當然沒其他選項，可是要乖乖採用那套方案又讓她躊躇。

怎麼辦？

身體發冷哆嗦的珂朵莉一邊在雲層中倒栽蔥地墜落，一邊思考。儘管結論只有一個，她就是不想就範，硬是讓內心產生糾葛。

當珂朵莉如此虛耗時——

「嗯……？」

被染成全白的視野一角，忽然冒出了黑影。

——五分鐘後。

隸屬護翼軍之巡迴偵察艇「巴洛克壺」，第二階層小型作戰室。

好窄。

總之就是窄。

都稱作小型作戰室了，房間確實絕對不算大。不過，好歹叫作戰室，房裡還是保有可以容納相當人數的最低面積。而現在，這個房間只有兩個人。

那麼，為什麼珂朵莉非得體會如此擁擠的滋味？

答案很簡單。因為兩個人當中，有一個是身高輕易高過她一倍的爬蟲族巨漢。身高多一倍，寬度也會多一倍，體重和魄力就有八倍。房間自然會變窄。

珂朵莉用借來的毛巾使勁擦了頭，然後仰望爬蟲族人的臉孔。

「……對不起，我突然就跑到船上來，『灰岩皮』一等武官。因為我看到你們的船在附近飛，忍不住就……」

「無妨。塵風庵隨時為尊貴的戰士開啟。」

爬蟲族人說完，便將盛著溫熱藥湯的杯子擱到桌上。

巨漢彎身細心地對待像玩具一樣的小茶杯，那模樣有種超脫現實的滑稽感。

「謝謝你。」

珂朵莉接下杯子，就口飲之。

好燙，而且好苦。舌尖又刺又麻的感覺，讓身體不自覺地僵硬。

「不過，我在意妳為何在此季節翱翔於雲中。何況對妳而言，重要的一戰已近在眼前。發生何事？」

「唔……」

珂朵莉語塞。

她迷惘、困惑、思索。然後，她開了口。

「關於那一戰……我不應該在這個節骨眼還說自己怕死，對不對？」

「嗯？」

爬蟲族人揚起了單邊眉毛，珂朵莉有這種感覺。對方當然沒有體毛，因此那只是心理作用。

「我想提……威廉二等技官的事。」

「嗯。」

珂朵莉明白。目前留守在那座倉庫的「威廉．克梅修二等咒器技官」只存在於文件上，只是掛名的軍人，然而換個方式來講，那代表軍方文件上確實有他這個軍人。而且，在那份文件上，他的直屬上司就是珂朵莉眼前這名爬蟲族巨漢——「灰岩皮」一等武官。

「他告訴我，有另一套和以往不同的戰鬥方式。

實際上，他也稍微露了一手。光看那樣，我連他做了什麼都不太清楚，但從中還是可以確定一些事。

那確實比我們所用的方式更有勝算，更有效率，而且——也更加正確。」

「哦……？」

珂朵莉的目光落在杯中。

「我不想認同那件事。我不願相信我的『姊姊』們錯了，我不願相信她們其實不用死。

因此，我本來打算不聽那個人說的話。

反正時間已經所剩不多了。我想在戰場上證明。我認為自己要遵守『姊姊』們的戰鬥方式，還要證明她們是正確的才可以。

可是……」

「妳怕了？」

珂朵莉猶豫是否要點頭。

大概是因為爬蟲族特有文化的關係，「灰岩皮」對戰士一詞十分地講究。雖然珂朵莉不了解詳情，不過照「灰岩皮」心中的標準，珂朵莉以戰士而言似乎是及格的。

假如這時候點頭，難保不會讓對方失望。

難保不會被視為失去勇氣，還拋棄了戰士資格的人。

即使她那樣想——

「……是的。」

珂朵莉仍無法說謊。

「咯咯咯……原來如此。」

突然間。

爬蟲族張大嘴巴，從喉嚨裡發出了像在甩動土製鈴鐺的刺耳聲音。

「……咦？咦？」

莫名其妙的大音量遠遠從珂朵莉頭上響起。

「原來如此。看來，我得向那個男人道歉才行。

雖然他的戰場與我等不同，然而，那個男人同樣是一名不折不扣的戰士。」

遲了一會兒，珂朵莉才發現對方是在笑。

「為……為什麼？你怎麼會那樣認為？之前交手的是我和他耶？」

「與〈獸〉互搏，是我等的戰鬥。不過，威廉的戰鬥並非如此。

他挑戰的，是吹在妳內心的風。」

「……風？」

「那就是妳稱為『覺悟』之物的真面目。

改用『認命』稱之，會不會比較好理解？」

血液衝上珂朵莉的頭。

她將手裡的藥湯一口喝下。全身熱得像從內側燒了起來。

要用什麼配方才會熬煮出這種味道？基本上，為什麼屬於變溫動物的爬蟲族會倒這杯東西給珂朵莉？儘管腦海裡像這樣冒出了好幾個無用的疑問，但她將那些都趕到了腦海的角落。現在不是在意那些的時候——

「什麼嘛。」

珂朵莉覺得心情稍微輕鬆了一點。儘管也有胸口開了個洞的感覺，反正大概差不多。

「一等武官，原來你也明白我不是當戰士的料嘛。從外表看不出你這麼會奉承……害我都當真了。」

「妳在說些什麼？要尊貴的鱗甲之民口出虛言，好比太陽北沉，那是根本不可能的事。」

「可是，你剛才說我認命了啊？」

「『認命』和『覺悟』在本質上乃相同之物。皆是指為達目的不惜割捨重要事物的決斷。」

——那番話。

那套論調，似乎會讓理應尊敬者，還有理應嫌惡者都攪和在一起。

「呃，該怎麼說呢，難道覺悟不是更寶貴的東西嗎？」

「一切事物的價值，只決定於接納所需的代價。捨棄重要事物所做的覺悟，理當就有與其相應的價值。

捨棄同樣事物而認命，當然也是等價的。」

「我不太懂。」

「為言詞之美所惑，確實稱不上戰士該有的行舉。」

「灰岩皮」一邊發出詭異的咯咯笑聲，一邊這樣說道。

「那麼……到頭來，我該怎麼做才好呢？」

「隨妳高興。」

「……我就是不明白才問的。要怎麼做才正確呢？」

「何謂正確，戰場上沒有那種異想天開的玩意兒。

因此戰士心中都會懷著風。為了在毫無標示的路途上尋求引導。」

「……一等武官。」

糟糕。

珂朵莉快要完全聽不懂他的話了。

直到剛才，她還能理解自己和「灰岩皮」所做的對話。能否接納暫且不提，她可以領會對方想表達之意。不過，當事人也許是興致來了，用字遣詞與所講的內容本身都變得越來越複雜。

珂朵莉覺得自己得到的大概是一番金玉良言，她也不是沒有隱約感觸，然而不懂的東西就是不懂。

「妳說過，妳想保衛姊姊們作戰方式的正確性對吧？」

「……是的。」

「既然如此，在上場作戰前，先認清那所謂的正確性是什麼吧。對於妳們妖精的作戰方式，我等只有知識上的理解。包括妳們的宿業，累積而來的歷史，還有隱藏在歷史背後的意念，一切皆然。

既然這樣，若要估量其正確性，只有妳才具資格。」

「……你還真是不負責任呢，一等武官。」

即使珂朵莉抱著多少挖苦個幾句的想法這麼開口——

「風是可以承載一切的。」

「灰岩皮」還是用不以為意的表情（大概）應付掉了。

唉，珂朵莉微微嘆氣。她總覺得自己對許多事情都認命了。

這麼說來，對方剛剛才提到，認命和覺悟在本質上是一樣的心理。嗯，原來如此。若是試著那樣想，她確實不是沒有膽子變大的感覺。

「……雖然這可能會惹你生氣，不過，我要表白一件事。」

「什麼事？」

「其實，我根本就不想成為戰士。」

「灰岩皮」嘎嘎大笑。

「我知道。

正因為如此，妳才成為了優秀的戰士。」

……珂朵莉還是覺得，他們講的話都對不起來。

可惡，不管了啦——焦躁的她又喝光了第二杯藥湯。

## 4. 星空下的星空

「據說，那孩子正在六十六號島附近的護翼軍偵察艇上。」

「……怎麼會搞成那樣？」

「那就不清楚了，不過她說現在要回來了喔。軍方偵查艇會載她到半路，然後她會『徒步』飛回來。」

啪的一聲，妮戈蘭切斷通訊晶石的連線。

「這樣翹家也太有勁了吧，受不了，害人替她擔心。」

「是啊——有翅膀的孩子連表現自我的方式都很豐富，令人羨慕。像我在難過的時候，頂多只能靠暴飲暴食來發洩壓力。」

妮戈蘭帶著憂鬱的神情，「呼」地發出嘆息。

「——你滿受她們喜歡呢，真的。不只那孩子對你有好感，其他孩子也是。身為負責帶人的老鳥，感覺有點嫉妒。」

「我倒不曉得妳在說的是怎樣的好感。」

「哎呀，你沒自覺嗎？」

妮戈蘭一臉訝異地把手湊到嘴邊——

「你屬於遲鈍派？還是深藏不露派？」

然後對威廉問了莫名其妙的話。

「妳在講什麼啦？」

「呃，我在說的是『裝成剛毅木訥對戀愛沒興趣卻樂得讓女生倒追的壞心男』的粗略分類啊。」

……什麼意思？那正是威廉想問的。

「遲鈍派是真的沒發現自己被女生喜歡上，無論發生什麼狀況都不會開竅的那一型。那可以享受到女生不管說什麼或做什麼都無法將他點通的心急感，以及倒追方式越變越激烈的活力。以變化來說，還有把對方的好感誤認為其他感情的誤解派。

深藏不露派呢，則是對自己被喜歡上的事情心知肚明，卻刻意裝成不曉得的那一型。雖然在格局上和遲鈍派類似，卻可以發展出男方對於欺瞞女方有罪惡感，或者被女方發現他是裝作不知的情節，特徵在於有許多加重口味的空間。

好啦，你屬於哪一種？」

「……荒謬的部分太多，我反而不知道該從哪裡開始糾正了。」

威廉深深嘆息。

「要討論故事創作，麻煩找別人。

我還不至於否認自己似乎得她們好感這一點。」

「哎呀。」

妮戈蘭睜大眼睛。

「好像有點意外耶。我還以為你打算走對感情事生疏的那種路線。」

「別說什麼路不路線，我並沒有演戲的意思。」

威廉猛搔頭。

「談正經的。戀愛感情這玩意兒，無論有沒有對象，年紀一到就會自己從心裡冒出來。大多數的人會立刻找目標抒發那股情感。比如說身邊的異性，無法企及的某個崇拜對象，或者將來會遇見的理想伴侶。視情況不同，也有人自始自終都把所有感情投注於不存在的夢想彼端。

……一直以來，那些女孩都沒有那些機會。

後來，我到了這裡。可能的對象從零變成一。不小心就成了她們姑且可以抒發感情的目標。

這樣的話，接下來她們只要在自己心裡替那種感情加上合適的理由，如假包換的一份『愛戀』便成形了，就這麼回事——妳那眼神是怎樣？」

妮戈蘭用瞇細得不能再細的眼睛直盯著威廉。

「這是發現惡劣程度遠超出預期的壞心男，整個人都傻了的眼神。」

「惡劣在哪裡啦！我講的是一般論調吧。

說穿了，不就是一大群女孩同時罹患較強的戀父情結症狀罷了。被她們喜歡固然值得高興，也很榮幸，但是不會有更進一步的發展了。」

「……你的答覆好無聊。」

被妮戈蘭表達不滿的威廉只得聳聳肩。

「無聊就代表日子過得平穩。那比什麼都好吧？」

「哎……也對啦，那我不否認。不過要是讓我來說——」

妮戈蘭朝他的胸口直直地指了過來。

「身為一個女孩子，如果自己的心意被人用那種豁達的口氣忽略掉，那我可受不了。

也許那些女生確實都還小，但她們都是實實在在的女孩子啊。

我討厭那種不懂貼心的男人，肯定有礙消化。」

身為女孩子，是嗎？威廉懷疑她的說詞有沒有年紀上的語病。

不，還是別追究的好。在這方面，威廉仍算懂得貼心的男人。儘管他不想被消化就是了。

「……無論心意多麼稚嫩，對有的孩子來說，那就是她最後的情念了。既然這樣，我希望你可以好好面對那樣的心意。

不開玩笑，這是我發自內心的懇求。」

「我拒絕。」

威廉立刻回答。

「……假如愛來愛去是那麼美好的事，自然更不用說了，在這麼狹窄的環境裡，滿足於將就湊合的戀愛又有什麼用？

懸浮大陸群遼闊得很。要找好男人還多得是。看著女兒被那些傢伙搶走，才是扮演父親的人該做的工作吧。」

威廉說完以後想了一下。

他不曾用那種角度看待周遭，因此他本身在懸浮大陸群認識的男性陣容，盡是一些綠皮膚、豬面孔或身上長鱗片的傢伙。

不，慢著。介意外表和種族差異的價值觀，也許已經落伍五百年了。實際上，單純看那些人的性格，大多都是爽快乾脆的好傢伙。

威廉決定試著想像看看。

某一天，比方說珂朵莉忽然帶了綠鬼族的好青年回來說：「我們認真在交往。」屆時自己究竟能不能帶著笑容祝福他們倆？

「呀啊！」

「……啊，抱歉。殺氣不自覺地就外漏了。」

「強……強烈成那樣才不叫不自覺啦！害我剛才都稍微看見祖母在『忘卻之河』另一端對我招手了！」

「不，我想到別看葛力克那樣，他其實是個不錯的男人，就忍不住殺氣外漏了。」

「前言不搭後語也要有限度啦！」

威廉驀地看向窗外。

萬里無雲，晴朗的夜晚。

「──我出去一趟。還想繼續聊的話就改天吧。」

「等一下，你要去哪裡。」

「去看個星星。啊，這副鑰匙我借走了。」

威廉揮了揮手離開房間。

「咦？奇怪，等一下，你什麼時候摸走的！」

背後傳出的慘叫，他當作沒聽見。

†

威廉從倉庫搬出了瑟尼歐里斯。

六十八號懸浮島的邊陲，稍稍隆起的小山丘上。

風勢平穩，空氣澄淨，星光柔和，各方面條件都合適的夜晚。

他掀開蓋著瑟尼歐里斯的布，讓劍身透風。

威廉注入些許魔力。太陽穴稍微會痛，不過這種程度還沒什麼大不了。

瑟尼歐里斯頓時綻發柔和光芒。

「——調整開始。」

他低喃，碰了一塊於劍身中段發光的金屬片。鏗的輕輕一聲。金屬片自己從劍身「卸下」以後，便飄浮到半空中，停在離他大約五步遠的地方。

宛如演奏鐵琴（Metallophon）般的清脆金屬聲。

威廉又碰了另一塊金屬片。那同樣飄到半空中，然後停留在遠處。響起和剛才音階稍有差異的清脆聲。

再一片。

接著再一片。

極位古聖劍瑟尼歐里斯是總共以四十一塊金屬片組成，再用咒力線連接成形的劍。直接操控那些咒力線，就能像這樣拆解劍身，讓每塊零件現出原形。

不久，威廉手邊只剩隱藏在劍身中的小小水晶片了。

在他身邊，則有四十一塊像星星一樣散發淡淡光芒的碎片。

「好……」

威廉將手伸向水晶片，從掌握瑟尼歐里斯的現狀開始動工。

——和正常狀態相比，抗毒、抗詛咒的效果變高了。相反地，抗蠱惑混亂、抗龍眼都幾乎失去了效力。還有，針對亞人的敵意（Slayer）等級特別高漲也讓人在意。這部分大概是長年不經調整持續戰鬥下來，受戰場傾向還有用劍者習慣所造成的影響吧。

接著，威廉檢查各部分的機能評價（Parameter）。

狀況實在慘烈。大概是因為強行從劍柄灌注魔力來使用的關係，久而久之，各處機能都徹底失衡了。劍脊基幹有大規模的魔力堵塞，左右還有五個大小不一的念瘤。周邊的咒力線有三條完全斷裂，剩下的線也已經徹底疲乏，平均功率下降了大約百分之三十。

「哎，虧你變成這樣還能繼續戰鬥。」

威廉冒出苦笑。

他用指尖輕彈水晶片，輸入些許魔力。

魔力讓之前看不見的一條咒力線發出光芒，並且被其中一塊金屬片吸收。清脆金屬聲再次傳出。

威廉又另外輸入魔力。有另一條咒力線發亮，另一塊金屬片奏出樂音。

再一片。

然後再一片。

光芒陸續飛舞。樂音四起。

沉睡的咒力線被賦活，讓疲乏的金屬片取回活力。

——威廉從背後感受到有動靜。

「嗨。歡迎回來，翹家女孩。」

他頭也不回地喚了一聲。

「……你在做什麼？」

威廉背後的來者連招呼都不打，開口就是怪罪的語氣。

「看也曉得吧。我在維修妳的搭檔。」

「等一下。你又沒有得到適用者允許，怎麼擅自這樣做啊。」

「我可是這裡的管理負責人喔，有我允許就夠了。」

威廉咯咯地笑了。

「那種笑法不適合你。」

「咦，是嗎？」

「我比較你喜歡你平時那種溫和的笑。」

「咦……是……是喔？」

方才威廉說過，他有被喜歡的自覺。

他剛剛才用不近人情的論調，要帥說出自己不把少女們的心意當一回事。

可是，在剛才的一瞬間，威廉的心動搖了。

「——好啦，你繼續演奏吧。」

「演奏？」

「你不是彈出了很動聽的聲音嗎？雖然曲調亂七八糟的。」

「我並不是在開音樂會喔。」

「那就當成野外演奏啊，沒人會打賞就是了。」

「……受不了，來了個怪裡怪氣的聽眾。」

威廉把心思放回手邊的水晶片。

珂朵莉則背對地靠著他坐了下來。

鏗——鏗——夜晚的山丘再度充滿清脆聲響。

「這是什麼光？」

「——聖劍這東西，是收集了各式各樣的護符，再用咒力線『綁定』成刀劍外形的一種小小世界。

妳知道護符是什麼嗎？」

「是有聽過。」

那是如今已佚失其詳細製法，來自古代的祕寶兼祕術。

將強大的咒術效果或異稟，刻入小小的紙片、陶片或金屬片。光是將那種紙片、陶片或金屬片帶在身上，就能獲得刻於其中的咒術恩惠……據聞是如此。

就連現在，打撈者不時也會從地表撿回那樣的貨品。因此，在懸浮大陸層的富裕階級間似乎照常流通著。

「妳在問妳眼前那陣光吧？那是『喝了熱的東西也不會燙到舌頭』的護符。」

「……耶？」

「旁邊則是『在初次探訪的地方也能認出北邊方位』，再上面是『感冒臥床時不會作惡夢』，然後依序是『學貓叫會變得唯妙唯肖』、『不會被沒魔力的指甲刀剪到肉』、『彈硬幣有六成機率出現表面』。」

「咦，先等一下。

這是瑟尼歐里斯吧？是傳說中的武器吧？並不是生活方便魔法一百選之類的吧？」

「食物有時候也會出現類似情況啊。分開來吃只覺得挺美味，可是連著一起吃就肯定要鬧肚子的搭配方式。其中道理是相同的。

將護符和護符搭配在一起，再用咒力線接合，經過千奇百怪的相互干涉作用以後，就會發揮截然不同的功效。這不是我的專業領域，所以我不清楚詳細情形，不過中央工房那些人是這麼說的。

尤其瑟尼歐里斯是最古老的聖劍之一，和工房生產的後期品不同，聽說它是在戰場靠著奇蹟似的巧合才誕生的一把劍。妳會覺得當中大多是東拼西湊弄出來的護符，據說就是因為那樣。」

「……哦……」

珂朵莉轉頭將四十一片護符，四十一個小小的願望看了一圈。

「我都不知道耶。既然叫傳說聖劍，我還以為它的誕生方式是從星神那裡直接得來的。」

「那真是遺憾。」

當時的人類拚了命地要生存下來。為此，他們什麼都拿來利用。戰鬥並不是光鮮亮麗的事。縱然如此，人類還是憧憬光鮮亮麗的事物……

所以，他們才會把好不容易得到的力量象徵稱為「聖劍」。

「是喔。原來是這樣。」

少女沉默下來。

維護作業仍在繼續。金屬質感的光與聲音溫柔地包裹著無言的兩人。

「剛才呢，我去跟一等武官談過了。」

珂朵莉嘀嘀咕咕地開始了獨白。

「然後，他告訴我，假如到了當天我有意一搏，就算不打開『妖精鄉之門』也可以。他會把十五號懸浮島的浮沉賭在我的覺悟和強度的成長空間上。」

「……這樣啊。」

「我真的能變強嗎？」

「就算妳不要，我也會逼妳變強。我是管理負責人啊。」

「我就知道你會那麼說。」

珂朵莉在威廉背後嘻嘻地笑了。

「那麼承你美意，我能不能也說些真心話呢？我才不想變強呢——」

「等等。像這種時候，妳發現自己得到這麼多關愛，不是應該流著眼淚乖乖聽話才對嗎？」

「……我已經非常聽話了啊，這點事情你總要察覺吧，笨蛋。」

威廉決定對她的嘀咕裝作沒聽見。

他懂了，這樣自己就變成妮戈蘭剛才說的深藏不露壞心男了嗎？罪惡感實在比想像中還重。

「——不然，這樣吧。只要妳從戰場上活著回來，我可以答應妳任何一件事。就這麼辦。」

「咦？」

珂朵莉瞬間露出嚇一跳的反應，然後——

「我……我又沒有什麼希望你做的事情。

反正我知道你嘴巴上說任何一件事，實際上肯做的事情也沒什麼大不了。比方說，假如我要你娶我……」

「這個願望不算數。」

她話說到一半，就被威廉回絕了。

「……雖然我並不覺得可惜，還是想聽聽理由。為什麼？」
「那還用問，妳許願總得在我的能力範圍內。就算叫我讓人死而復生，或者去把〈獸〉全部殲滅，也實在有困難啊。」
「咦？我的願望被你拿去跟那種難題相提並論喔？」
「那當然嘍。」
小孩年紀一到，被身邊可依靠的年長異性迷昏頭是合情合理的。
或許那確實可以算是愛戀的一種，卻也像是選項太少才造成的暫時性熱病。
既然如此，對於站在大人立場的人來說，保持距離守候她們，等她們退燒也是理所當然的義務。
「那個，我想想，至少等妳長大一點再說吧。」
「假如有那種時間——」
誰需要辛苦跟你說這些啊。珂朵莉理當會這麼說出口的下半句，又被威廉打斷。
「要時間的話，我們有。」
珂朵莉屏息。
「因為妳接下來會親自靠戰鬥爭取。沒錯吧？」

「……誰知道結果會是哪樣。」

「為了讓結果變得明瞭，才需要帶著不能死的理由出征啊。不就是那麼回事嗎。說來說去，在故鄉有未婚妻等著的士兵，到最後生還率似乎還是比較高喔？據說還有人真的展現出就算吃土也要活下去的氣魄。」

「可是你剛剛才毀掉和我訂婚的選項耶？」

珂朵莉瞇著眼瞪著威廉。

「啊——那個嘛。假如期盼的未來太缺乏真實感，也沒辦法拚命去掌握吧？我是要妳找個實在一點的夢想。」

「總覺得，你說的話是不是太離譜了？既然真的想用精神論來激勵我，我認為顧慮現實是不行的耶。」

「……妳真聰明。」

威廉只能哈哈乾笑。

帶著不能死的理由出征——當然，這本來並不是出自威廉口中的話。

威廉只是借了別人的話來用，被那樣要求的他到頭來卻發動了玉石俱焚的特攻，無法回去自己的歸宿。雖然不至於連那些都看透，但威廉可說是言不由衷的話語中的某種情感，似乎被珂朵莉察覺了。

「我希望你在誇我聰明的同時，順便改掉把我當小孩的態度。」

「不，那沒辦法。」

「哎喲，為什麼你就只有那個部分特別頑固。」

珂朵莉舉止莫名成熟地吐了口氣。

「……點心。」

「嗯？」

「之前，你在餐廳做過點心對吧？除了那次的以外，你還會做其他點心嗎？」

「哎，會啊，還有幾種變化。」

「既然這樣，你會不會烤奶油蛋糕？」

——啊？

「偏偏選那個嗎？」

「咦？」

「呃，沒事。」

威廉並不是沒有預料過。

他不由自主地懷疑：話題會不會發展成那樣？

「作法我會。師父有教過我。

只不過，身邊還有個手藝遠勝於我的人在，所以我自己烤的經驗不多。」

「會烤就可以了。

在我的前輩當中呢，有個人每次戰鬥完回來，就會一臉享受地吃著奶油蛋糕。不過，等我開始拿劍的時候，奶油蛋糕已經從餐廳的點心菜單上消失，害我沒辦法學她了。

所以說，拜託你嘍。」

威廉深深吸進一口氣。

然後，他把那全部吐出來。

「真拿妳沒辦法。」

他手邊的維護作業再次開始。

瑟尼歐里斯調整結束。各種抗性等級重設，只保留高水準的抗詛咒耐性。針對亞人的戰鬥應該可以完全不用考慮，敵意等級全部初始化。藉此多了餘裕的咒力線則全部分配到基礎功能的安定化上面。

威廉用手指彈了水晶片。

飄浮在兩人周圍的眾多金屬片，開始一塊一塊地遊走於半空，聚集到水晶片旁邊。

每有一塊金屬片歸位，就會輕輕迸出聲音。

短暫的演奏會結束，不久之後，在威廉手邊，一把大劍便回復原形了。沉重的質感傳達到手掌。

「好啦好啦。ＯＫ。我會讓妳吃蛋糕吃到怕。

所以明白了吧，妳絕對要活著回來。」

他把瑟尼歐里斯遞到冒牌的正統主人手上。

「包在我身上。」

如此說道的少女笑了。

## 5. 即使那場仗結束

軍服外面加了輕便的裝甲。而且，身後還背著大得不甚體面的大劍。

三名少女各自完成了戰鬥的準備。

「那麼，我們要走嘍——」

艾瑟雅露出一如往常的笑容揮了揮手。

「……嗯。」

奈芙蓮微微點頭。

只有珂朵莉一個人不回頭，也不說話。只有銀色的胸針在她那身軍服的胸前幽幽地發著光，似乎正訴說著什麼。

就這樣，三名妖精起飛出發了。

少女們的背影逐漸溶入夕色中。

†

「……喂，你是白痴嗎！」

葛力克把事情聽到這裡，冒出的第一句話就是這個。

「你怎麼會跑來這種地方，還找我吃飯！」

「我才剛講完吧，這也要問。報告現況兼答謝啊。」

「那種小事隨時可以補吧！所謂當下就是因為只有當下才會叫當下，你懂不懂啊！」

「……怎麼說好呢？我才想問，你懂不懂自己在說什麼啊？」

「我的事情不重要啦！現在談的是你，你才是重點！」

哎，話是那樣沒錯。

威廉一邊對綠鬼族朋友意外激動的模樣感到有些困惑，一邊將杯裡鹹味重的咖啡往嘴裡倒。

「基本上，光是聽說懸浮大陸群的和平背後有不為人知的犧牲和故事，我的腦袋就已經挺不住了，混帳。哎，在人們不知道的地方流血就是軍方的工作，試著一想，會有那種狀況倒也理所當然就是了，不過該說是自己想像和聽到實際情形感覺差多了嗎，或者該說不知道這些的罪孽深重感快把我壓垮了吧，我現在真想過去緊緊抱住那些孩子——喂，你那是什麼恐怖的臉啦？」

「沒事。」

威廉擺著一副讓膽小孩童看到肯定會嚇哭的凶臉，把杯裡的咖啡一飲而盡。

葛力克則「唉」地深深嘆氣。

「我聽說那是比較輕鬆好做的工作，才介紹給你的。雖然以結果來說那樣是正好，不過當初要是沒考慮太多就介紹給其他人做，我光想就怕了。」

他狂飲咖啡。

「……好啦。所以說，你怎麼會待在這種地方？」

「何必這麼問，她們明天起才要在第十五號懸浮島作戰，戰鬥會持續好幾天。要過很久才會接到結果耶，我現在能做的根本有限吧？」

「不是那樣啦！一般來講，這種時候應該要擔心到食不下嚥或夜裡睡不著覺吧！你怎麼還滿心想著要過日常生活！」

「現在就算我操心，也改變不了她們的勝算。

能教的在昨天以前都教了，也幫她們把劍調整到極限了。即使這樣，平安獲勝的機率頂多五成多一點。一旦擔心就會把身體搞垮。」

「你那樣也不太對吧！別懷疑她們能不能贏啦，至少你不行！」

「不顧現實的作法不合我的主義。」

「就算這樣，你也不能把夢想和希望都忽視掉啦！懷著信任的心也許就會發揮出不可思議的力量啊！」

「就是因為沒有那種事，所有人才會下苦功。

要是過度堅信，一旦發生意料外的狀況就無法回歸現實。假如我信任她們，更應該抱持無論結果如何都要坦然接受的想法。」

「毫無熱血！從你講的話感受不到浪漫的熱度！」

「畢竟我這種人就是不適合當打撈者。」

威廉咯咯發笑——然後從座位起身。

「怎樣，你有事要忙？」

「嗯。我得去採購一些食材。」

「我說啊……你到底多認真在過日常生活啦……」

「認真到沒有止盡。因為有人正在為這樣的生活奮戰啊。」

葛力克「唔」地噤聲了。

掰啦——威廉這麼說，正打算離開座位。

「……啊，對了。」

他想到有件事要問，便停下腳步。

「欸。這附近有沒有奶油和麵粉賣得比較便宜的店？」

†

後來，威廉回到奧爾蘭多商會第四倉庫。

「威廉——！」

在操場追著球的少女們認出他的身影，都匆匆跑了過來。

「你去哪裡了？害我們都在找你。」

「那個那個，隔了這麼久，要不要和我們一起玩呢？」

「最近你一下子倒下，一下子又忙來忙去，好久都沒有陪我們，就算把今天用來陪我們也不為過。」

威廉被她們抓著衣袖扯呀扯的。然而——

「抱歉。我今天有點事要做。」

尖叫般的抗議聲「咦——」地傳出。

「所以改天嘍。」

他背對那些不平的聲音，筆直走向廚房。

威廉翻開腦海裡的「受小朋友歡迎的簡單甜點食譜」，找出奶油蛋糕那一頁。

由於在養育院從來沒有烤成功的前例（應該說他無論如何都會拿來和「女兒」烤的比），細節都記得模模糊糊，不過總還過得去才對。還有時間可以練習。再說味道這種東西，多加一匙愛情或什麼來著，肯定就會大有改變。

『——爸——爸——』

突然間。

不知道從哪裡。

威廉覺得自己好像聽見了那樣的聲音。

「……愛爾梅莉亞？」

他回頭，即使仰望天空，那裡當然也沒有任何人在。紅與朱的色層另一端，只有整片薄絹般的雲霞。

說到底，那陣聲音的主人，早就已經不在這個世界了。

在自己沒能回去的那間養育院，理應烤了一大堆奶油蛋糕等待著的她，並沒有等到要等的人就辭世了。

「抱歉。」

威廉覺得自己正在做狠心的事。

不只是對「女兒（愛爾梅莉亞）」而已。包括當時一同奮戰的伙伴，還有懷著期待送他出征的眾多王族。

為什麼他沒能和她們一起死？或者，為什麼他在這個世界醒來時沒有立刻了結自己的性命？現在像這樣活著，不就一直在背叛以往所有的約定嗎？

然而，即使威廉明白那些，在這當下——

「真的很抱歉。」

他朝著天空，低頭賠罪。

儘管這個世界並沒有他的歸宿。

假如，有人願意把這樣的他當成歸宿。

為了向對方說一聲「歡迎回來」，就留在這裡吧。

威廉如此下定決心，拿出了自己的圍裙。

「在這個世界告終以前——B」

-promise/result-

夜晚的黑暗中。

在整片廣闊的灰色中心，有一頭〈獸〉正嘶吼著。

牠的聲音，並沒有以名為聲音的形態令空氣撼動。

而且在聲音所及的範圍內，當然沒有任何活著的生物。

因此，能聽見那頭〈獸〉——〈嘆月的最初之獸(Chantre)〉的聲音，並理解其意涵的生命，根本就不存在。

即使如此，〈獸〉仍不停嘶吼。牠發出傳達不到任何生物耳裡的無意義吼聲，既不厭煩也不絕望，或者根本就無從理解那樣的概念，直到永遠。

此外，從天上來看，或許會覺得在這片灰色的大地上，任何地方都一樣，不過只要實際降落到地表，應該就會發現地形意外豐富，仍保留著過去的起伏。以往曾是山丘之處，有平緩的沙丘。以往曾是險峻山脈之處，有灰色的高峰。而且，以往蓋了石砌建築物的地方，也有保留其形跡的遺跡存在。正因為如此，打撈者們才能穿梭於其形跡之間，以探索過去文明的遺痕。

來談談這塊地方──也就是〈獸〉不停咆哮的腳底下吧。

五百多年前，這裡有座小鎮。

那裡並沒有多繁榮，也沒有值得一提的產業，不過它是個只有歷史特別悠久的城市。從石版道、行道樹、劇場、巡迴馬車停留所，乃至於附近的廉價公寓，總之一切的一切都像幾百年前就在這裡似的，散發出實實在在的風格韻味。

在城郊有座小小的養育院。它是由原本老舊的幼年學校改裝而成，其建築同樣具備能令人感受到悠久歷史的風貌。簡單的說就是破舊。每當風一吹，雨一打，住在裡頭的人們就得拿木板與鐵鎚到處奔波。

鎮上有大約三千個居民。

養育院有大約二十個居民。

那是五百又二十六年前的事。如今，那是只存在於某人回憶中的景象。

然後，到了現在。

〈獸〉咆哮著。

牠持續不停地發出無法傳達到任何地方的吼聲。

來透露一項祕辛吧。

據說，在古靈族長老們的時代，可以不令風震動就用心來互通語言。這頭〈獸〉所做的事，幾乎和那相同。那是一種只有相同種族、相同精神構造的某人才能接收到的一種念話。

還有，每一種〈十七獸〉都屬於不同的種族。〈嘆月的最初之獸〉的語言，只能傳達給〈嘆月的最初之獸〉。

還有，〈嘆月的最初之獸〉同時也是孤獨種。在獨自的身軀內就已經完結，無窮接近於完整的存在。找遍全世界，也沒有可以讓牠稱為同族的存在。

因此這頭〈獸〉的聲音，傳達不到任何地方。

因此這頭〈獸〉的聲音，誰也聽不見。

如同從剛出現在這個世界起，就一直如此般。往後，〈獸〉仍會繼續發出無聲的嘶吼。

『——爸——爸——』

不具同族的獸之吼聲。
無法傳達給任何人。打動不了任何人。
只能溶於灰色的荒野，然後消失。

# 後記／本應如此的幕後花絮

大家好，初次見面。我是新進作家枯野瑛。

對不起，這有一半是謊話。我不算很新的新人。不過，我是頭一次讓 Sneaker 文庫幫我出書。希望各位對這部新作品還有我多多給予指教。

為了喜歡從後記開始讀的讀者，我要轟轟烈烈地先洩露劇情：犯人是師父，手法則是冰製凶器。騙你的。

這部作品的書名是《末日時在做什麼？有沒有空？可以來拯救嗎？》（現在才講也嫌晚了，這名字好長耶！）不過在第一集故事結束的時間點，都還沒有什麼人被拯救。因為主角有點虛弱，也沒有稱得上戰鬥的戰鬥場面。這裡洩露的內容是真的。

在逐漸走向滅亡的世界一隅，有群只希望再多活一會兒的渺小生存者，拚死拚活地過著慵慵懶懶渾渾噩噩的潦倒生活。到最後，他們真的會獲得救贖嗎？如果有，又會是什麼樣的救贖？

故事會照這樣發展下去，我想第二集在近期內就可以向各位奉上。之後的集數暫時就沒辦法保證了（還請各位支持！）希望能寫多少是多少。

這次的書直到完成為止，同樣受了許多人士關照。

在有如失速列車的工作排程中，用溫暖的插圖替妖精們添增表情的ｕｅ老師。還有幫忙管理繁重排程的Ｇ編輯。不停鼓勵我：「偶爾要寫小說啦——」的朋友們。在趕稿過程中提供了些許療癒的鄰居貓咪們。

當然，也包括目前讀到這裡的各位讀者。

謝謝你們。還有，往後仍請多多指教。

下一集的故事將全力灌注在動作場面上。靠愛恨交織的雙重羈絆力量合體的超巨大洲際彈道機器人將會用邪惡聖劍光束掃蕩大批宇宙怪獸。騙你的。

二〇一四年夏

枯野　瑛

Kadokawa Light Novels

# 反戀主義同盟！ 1 待續

Kadokawa Fantastic Novels

作者：椎田十三　插畫：憂姫はぐれ

**「放棄戀愛吧！**
**所有的愛情都是幻想！」**

在下著雪的聖誕夜，澀谷到處都是情侶。非現充高中生——高砂在此遇見一名對著熙熙攘攘的人群發表驚人演說的少女。贊同演說的高砂心懷「現充爆炸吧！」的信念，加入由少女——領家薰擔任議長的「反戀愛主義青年同盟社」，全新的戀愛抗爭就此展開！

台灣角川

NT$220/HK$68

Kadokawa Light Novels

# 舞武器舞亂伎 1 待續

Kadokawa Fantastic Novels

原作：Quadrangle　作者：逸清　插畫：PUMP

**史上首創跨國合作！日本動畫同步改編小說！**
**發生在台灣花蓮的另一個舞武器傳說！**

鋼健人是一個把台客風格發揮到極致的神祕少年。花襯衫、藍白拖，染著一頭失敗的金髮，賣著不健康的雞排。但是今天，他的小確幸生活卻遭到了賤踏！一個逃家少女因為肚子餓偷吃了他的雞排，也把名為「舞武器」的麻煩帶到了他的生活中——

**NT$260/HK$78**

台灣角川

國家圖書館出版品預行編目(CIP)資料

末日時在做什麼？有沒有空？可以來拯救嗎？/ 枯野瑛作；鄭人彥譯. -- 初版. -- 臺北市：臺灣角川，2016.04-

冊；　公分

譯自：終末なにしてますか？忙しいですか？救ってもらっていいですか？

ISBN 978-986-473-045-2(第1冊：平裝)

861.57　　105003099

Kadokawa
Fantastic
Novels

# 末日時在做什麼？有沒有空？可以來拯救嗎？ 1

（原著名：終末なにしてますか？忙しいですか？救ってもらっていいですか？）

2016年5月25日 初版第1刷發行
2024年7月3日 初版第15刷發行

作者：枯野瑛
插畫：ue
譯者：鄭人彥

發行人：台灣角川股份有限公司
總監：呂慧君
總編輯：蔡佩芬
主編：林秀儒
編輯：彭曉凡
設計指導：陳晞叡
美術設計：李思穎
印務：李明修（主任）、張加恩（主任）、張凱棋、潘尚琪

發行所：台灣角川股份有限公司
地址：104台北市中山區松江路223號3樓
電話：（02）2515-3000
傳真：（02）2515-0033
網址：www.kadokawa.com.tw
劃撥帳戶：台灣角川股份有限公司
劃撥帳號：19487412
法律顧問：有澤法律事務所
製版：巨茂科技印刷有限公司
ISBN：978-986-473-045-2



---